老年悦读丛书　老年生涯系列

美丽新生活：乐在退休

薇薇夫人　著

策　　划：大龙树（厦门）文化传媒有限公司
责任编辑：薛　治
责任印刷：李未圻
装帧设计：陈氏设计室 chen-design.com

图书在版编目（CIP）数据

美丽新生活：乐在退休 / 薇薇夫人著 . -- 北京：
华龄出版社，2014.6
ISBN 978-7-5169-0450-3

Ⅰ．①美… Ⅱ．①薇… Ⅲ．①散文集－中国－当代
Ⅳ．① I267

中国版本图书馆 CIP 数据核字 (2014) 第 101715 号

中国著作权合同登记号　图字：01 － 2014 － 3614

书　　名：美丽新生活：乐在退休
作　　者：薇薇夫人　著
出版发行：华龄出版社
印　　刷：北京天来印务有限公司
版　　次：2014 年 6 月第 1 版　2014 年 6 月第 1 次印刷
开　　本：710 × 1000　1/16　　印　　张：11.25
字　　数：90 千字　　印　　数：1 ～ 5000 册
定　　价：26.00 元

地　　址：北京市西城区鼓楼西大街 41 号　　邮　　编：100009
电　　话：（010）84044445　　传　　真：84039173
网　　址：http://www.hualingpress.com

序

养老发展，文化先行

全国老龄工作委员会办公室副主任　吴玉韶

我国已经进入人口老龄化快速发展期，2013 年老年人口总数超过 2 亿，2020 年将达到 2.43 亿，2025 年将突破 3 亿，而到了 2052 年将达到 4.87 亿，占总人口的 34%。与此同时，老年群体内部结构也发生了改变：家庭小型化，独生子女家庭占主体，新一代老年人文化程度更高，经济实力更强，消费观念更新，对高品质的老年生活有更多的期待。基于此，一方面可以判断中国的老龄化程度越来越高，同时庞大的市场潜在需求也为老年产业带来新的机遇。

对于新一代的老年人来说，以阅读为主的文化性活动，有理由成为其老年生涯重要内容。此次，华龄出版社与大龙树（厦门）文化传媒有限公司联合推出“老年悦读”系列丛书，适逢其时，深谋远虑，符合市场的需要。

这套书中既有对老年人生的思考，又有老年社会应对之策，还有如何迎接老年生涯的心理与生理指导的书，内容不可谓不丰富；而书目的来源，既有中国港台地区的优秀老年图书，也有大陆作者专为老年人撰写的图书，正可谓琳琅满目，精品荟萃。

据悉，本套丛书还将更广泛地陆续引进世界各国、地区优秀的、关于老年研究方面的学术著作，相信这套丛书能够成为中国权威的促进老年事业发展的扛鼎之作，成为老年人认可的“品牌书”。

以我多年对老龄问题的研究经验来看，做老年产业，并想取得一定的成绩，一定要冷静、理性、科学地对待，要细化市场，要真正研究老年人市场和真正的需求，只有真正地抓住老年人的心，才有可能赢得市场的认可。

我们每一个人都会老，都要度过老年生涯，而且“老”这个问题对于每个人来说永远都是一个新的课题，要想安享晚年，丰富多彩的精神文化生活是非常必要的，所以养老产业的发展，需要文化先行。对于全社会来说，也要先认识真实的老年生活状态，然后才能思考我们如何应对老龄化问题，继而努力达到“老吾老以及人之老”的理想社会。

老年人生活经验丰富，其中不乏学识渊博的人才，为他们出书更需要高瞻远瞩的目光、小心求证的态度、直抵人心的内容、顺畅平和的表达，还要有悦目的装帧、符合老年人生理特点的设计形式等等。这些，都在这套书的策划理念中有了体现和尝试。当然，可能还有不到之处，需要今后不断地进行调整。

这套书不仅仅是给老年人看的，中年人也要为步入老年有所准备，因为有一天我们也会变老，“居安思危”“有备无患”嘛！

毋庸置疑，每个老年人都非常希望安排好自己的晚年生活。我相信，你们一定可以在这套书中找到满意的答案！

目录

第3篇　寻伴：同甘共乐

第4篇　处世：活出精彩

序幕　彩绘人生新舞台

薇薇夫人在台北县淡水镇的半山上，开始新的生活。

她的新家是简单洁净的楼中楼，坪数不大，倒像是一间画室。客厅里立着几个画架，已完成和待完成的画作，随意地放在四周。因为作画需要自然采光，大片玻璃窗前，没有遮阳的帘幔，只是在高处吊挂着两支红黄蓝绿色相间的大伞，好像也遮挡不住什么。不过这奇特的装饰，与她勾绘的人物素描、色彩浓重的油画，倒是在这个空间里形成一种有趣的对照关系。

两年前，薇薇夫人相守大半生的先生周徵教授，在山东老家病逝，儿女又定居岛外，她不愿独守旧宅，睹物思人，一动念，卖了房子搬家，决定去找寻新生的力量。

也许在潜意识里想要挥别过去，搬家时她把大部分的旧家具都送人了，如今屋内一张沙发也没有，环绕餐桌的椅子，长相和来历都不相同。她说来到这儿，各方朋友见她家里空空荡荡，又把多余的家具转赠与她，连锅碗瓢盆都是这样凑齐的。

我和摄影师杨雅棠造访当日，送上一束百合，她遍寻不着一个花器，只好拿个装咖啡的空罐子充当花瓶，往餐桌上一摆，乐得说：“这花真美，我可以拿来画画了。”

这样随机应变的巧思，呼应着画架旁的椅子上，裹着毛线帽和大围巾的奶粉罐，变身成为等待入画的模特儿头像，真想为她生活里的创意击掌叫好。

简约的生活尽在眼前，她洒脱一笑，一点也不以为意。

搬离安居数十年的新店“花园新城”，跨越整个大台北地区，选择了与三芝比邻的所在落脚。从山中桃源到海滨一隅，是环境的变化，也是心境的转换。

来到淡水后，一个人过日子，随性而为，又自有规律。每天早上睡到自然醒，吃完早餐后，开始作画。近午时分，享用简单的中餐，接着小寐片刻，或是继续画画。夜晚，步行到离住家不远的寺庙前，在广场上做“动禅”，直到大汗淋漓，通体舒畅，才散步回家。

在毫无拘束的生活中，薇薇夫人已经找到一种自在舒适的节奏，自得其乐。这是她退休九年来，慢慢琢磨出自己想要的生活方式。

她过去大半生的岁月，都奉献给了家庭和工作，日日在母亲、妻子、媒体人，乃至大众熟知的专栏作家、妇女问题咨询专家“薇薇夫人”等角色间出入。外人对她建立的“成功女性”形象欣羡不已，她却在内心里默默地描绘自己向往的另一种生活——绘画、读书、旅行、看画展、观赏表演和老友聚会。

六十五岁是一般上班族退出职场的门槛。薇薇夫人从《国语日报》社长的职位上退休时，也是六十五岁。原本，依照报社的规定，社长可以做到七十五岁才退休，可是她一再告诉自己“我的未来不是梦”，为了留着时间和体力去学习新的事物，她毫不犹豫地选择在六十五岁生日当天离开职业舞台，去寻找新的人生舞台。

退休后的第一天清晨，生理时钟惯性地唤她早起。她醒来后才发现“以后再也不用上班了”，那种解放的心情，让她忍不住大叫：“啊哈！终于自由了！”兴奋过后，开始思索“现在要做什么呢？”“有很多事情想做，应该先做什么？”期待已久的日子来到眼前，她突然陷入了一阵茫然。

几十年人生路途匆匆，事情总是一直来一直来，她也只能迎上去接受，看起来一切都是这样顺其自然地发生了。现在该怎么办呢？

她坐在桌前写下“退休生活计划”，去学画吧！心底的声音，召唤出童年的梦想。她小时候就喜欢涂鸦，还曾立志当画家，可惜成长环境不允许；有了家庭后，三个孩子相继出生，为了分担家计，她进入职场，就这样被日子推着往前走，“绘画”只能是心中的悬念。

“一个女人，直到退休后，才有机会去做自己想做的事。”薇薇夫人淡淡吐露心里的话，字字却像铅块一样，撞向我的胸口。许多女性不正是长期压抑、牺牲自我，成就家庭，让自己一生的心愿就这样被“生活”消磨殆尽，连个实践的机会都没有嘛！如今她是时间的主人，第一件要做的事，就是走进画家奚淞的画室，学画。

在画室里，朋友从老友变成了“师生”。奚淞从流派、技法到素材等专业知识，倾囊相授，薇薇夫人珍惜得来不易的机会，更加认真学习。一周一堂课，外带家庭作业，绘画占据了大半的时间，新的生活也在她的彩笔下挥洒开来。

退休了，不需要“盔甲齐备”地见人，她不再买新衣服，不再买首饰，以轻松舒适的装扮走天下。日常保养品也从过去使用的名牌，改成开架的平价商品，效果一点也不差。以前为了出席重要场合，经常上美容院，现在她学会自己剪染头发，不再去烫，还赶上了乱发当道的流行风，发质也变得更好。

看早场电影享受优惠，还可带着午餐边吃边看，省钱又有趣。没了司机，她自己开车，或是以公交车、地铁代步，更懂得掌握时间。出国旅行搭飞机坐经济舱，不住五星级大饭店，都无损出游的快乐。

第一次去银行转账，她不知所措地站着发呆，服务人员主动迎上来帮忙，顺利完成。即使有人用“薇薇夫人怎么连这些都不懂”这种质疑或好奇的眼光看她，也无所谓，她只当作是以“好玩”的心态去学习如何生活。

这样省下来的钱，可以买书、买好看的影碟、买绘画材料，和朋友聚会或一起看表演，还可以用几百元认养一位贫童。而且她学会了电脑，与远方的儿孙又多了一个联系的管道。在新的人生舞台上，薇薇夫人既是演员，也是编剧和导演。新生活在精神加分、物质减码中改变，一点也不影响生活品质。心念一转，羁绊越少，她越是富足快乐。

就像那天，薇薇夫人一时兴起，说要带着我们到“附近”一家希腊风情的咖啡馆观海。她一路上介绍了好几处景点，说到“以前住了几十年的山，我现在来望海”，还颇有拥抱大海的豪气。听她细述“看海的日子”时，车子早已穿越三芝、金山，目的地还在路的尽头，她发现走远了，笑着问我们：“我说的附近，是不是很远呀？”时间的流逝对她来说已不重要，她在意的是每个“当下”。

人生能如此随心所欲，怡然自得，是最大的幸福。然而这一切，却是她通过生命中各种的考验才换来的“明白”，真是得来不易。

生命总在人毫无防备的时候转了弯。1949 年大陆时局动荡，她和妹妹参加了孙立人将军筹组的女青年大队来到台湾。花样年华，离乡背井的日子，磨练出她独立自主的个性。 她年轻时就喜欢写作，可是经常被退稿。《联合报》家庭版主编史习枚先生慧眼独具，相中了她的文风，有一天突然来电，邀她写些“小家庭的喜剧”的温馨小品，而且连“薇薇夫人”的笔名都替她取好了。素昧平生的编辑人，开启了她专栏作家的写作生涯，也改变了她的人生。从一天一篇到一周一篇，漫长的日子，不论工作和生活如何忙碌，压力多大，她总能如期交稿。 这个专栏赢得广大回响，为她打开了知名度。后来郑淑敏在华视开辟“今天”节目，邀请她在电视上为女性朋友面对的各种问题排忧解惑，使得“薇薇夫人”更加深入人心。她从来没想到“薇薇夫人”这四个字会如影随形，跟着她走到今天。

这些经历即便是挑战，也能换来正面的成果。真正将薇薇夫人重击倒地的，则是大儿子周凯的辞世。

1986 年底，从事剧场灯光设计的周凯，连着熬夜工作数日后，又在板桥台北县立文化中心为《当代传奇》的演出装台，结果不慎自高处摔下，撞伤脑部。送到医院，他被判定脑死，昏迷十八天后，在 1987 年 1 月 8 日他生日那天离开人世，当时他才二十六岁。这是薇薇夫人此生最难以承受的大恸。

在医院期间，躺在病床上的周凯，一点外伤也没有，即使意识模糊，他的身体还是很温暖，好像安静地睡着了。一晃眼，三十年过去了，直到今天薇薇夫人依然清楚记得他的体温，及当时的情景。虽然台大医疗团队尽心救治，周凯的情况并没有好转。薇薇夫人说，他昏迷十八天后，医生研判已没有希望，这个讯息刚刚传来，他全身就变凉了，“我知道是他放弃了”，没多久人就走了。

薇薇夫人身边的家人和至友，全权承揽处理周凯的后事，没让她再经历一次送别儿子的煎熬。她在家里昏睡一周，仿佛做了一个很长的梦，醒来时还是很不真实的感觉。

那段生命中最黑暗的日子，薇薇夫人选择逃避，在心里关上了这扇窗，生活改变极大，有七八年时间不进剧场，不看表演，完全不接触相关讯息。她怕家人担忧，不敢在他们面前流泪，却常常开车绕着花园新城附近的山路乱转，独自一人在车里大哭大叫，宣泄思念儿子的痛苦。然后抹干了泪，又回到人前，继续扮演母亲、妻子和薇薇夫人的角色。

有人说白发人送黑发人，是儿子不孝。薇薇夫人则认为周凯牺牲自己，让做母亲的她学会不惧怕死亡，才是大孝。

“因为没有送他走，到现在我还是当作他云游四海去了。”薇薇夫人说这话时，我脑中出现她家里的一幅画，潇洒帅气的周凯，凝望着草地上奔跑的小男孩，那是他儿时的模样。在画中，时间已经静止，他一直活在母亲的心中。

我本来犹豫了很久要不要提到周凯的事，怕一开了口，触动她心底的痛，会引来连我都无法招架的悲伤情绪。结果薇薇夫人平静地回忆这段往事，和缓的语气，像轻轻抚慰心口的那道伤痕，仿佛彼此已经找到和平共处的方式，而我依然可以感受到一位母亲永难释怀的心伤。

中年丧子，曾令她陷入生命的黑洞，久久无法自拔。如今又面临老年丧偶的打击，她却已学会了面对与接受，也更懂得安顿自己的身心。

“人不死，就要活着，时间这帖药终会让每一个伤口愈合。”这是她的领悟。

如果连生死都看透了，人生的其他转折，又何难之有呢！

薇薇夫人说：“我是修了好几辈子的老灵魂，凡事把底限想清楚，就不再有负担。”日子总要过下去，她已经学会用快乐为生活加分，把负面的情绪都抛到脑后。

从淡水开车往金山的方向走，要经过弯弯转转的山路，才会看见一望无际的大海。那天从金山折返，将薇薇夫人送回家，她挺直腰杆，扬起手来道别。我望着那从容自在的身影，突然一阵感动，想着她生命的起落变化，不就像是这条翻转于山水之间的道路，过去为人忙碌的“薇薇夫人”，转个身，去享受自己恬淡的生活了。

生命展现新的旅程，她看见不同的景色，真的是“退”一步，海阔天空。

本文作者简介

徐开尘，曾为《民生报》资深艺文记者，现在是自由文字工作者。两度荣获吴舜文新闻奖，并曾获两岸关系及大陆新闻报道奖。著有《喧蝉闹荷说九歌》《红尘舞者——罗曼菲》二书。

第 1 篇

“退”一步，海阔天空

职场的熄灯号，生活的起床号

刚从中部旅行回来，把几张在冬阳里悠闲小憩的照片，从电脑中扫给远方的女儿。她马上来电：“看来你的退休生活很棒嘛。”于是我

把旅行中的小小冒险和趣事，以及大自然的美好描述给她听。我们一向像朋友一样分享生活中的喜怒哀乐，她发现我退休以后，告诉她的喜和乐更多，讨论的话题也更广：绘画、电影、读过的好书等等。因为退休以后，我才有更多的时间游走于这些领域之中。

有一天，儿子带着疲惫的声音对我说："希望五十岁时能退休。"我同情地望望这个在压力尖峰下的儿子，建议他："朝这个目标努力吧！"

退休，这个人生中大多数人要通过的关卡，有人向往，有人担忧。但是向往的不一定能轻松愉快地通过，并且如他所向往的情景般过着退休生活；担忧的却可能发现原来退休生活竟有意外可喜的天地，原先的忧虑实在多余。关键就在退休前的准备功夫做了多少。

通往退休关卡有几条不同的路：有退休年限到了的，只要活到那年限不退也不成。走在这条路上的人，特别需要心理准备，因为多少带点“不得不”的无奈，甚至对生命的怨叹。另一种是身怀“被需要”专长的。一位教音乐的老友说她不担心退休后无法安排生活，因为只要健康，她可以教到最后一天。教绘画的老师退休后可以开画室，有其他技艺的也会被请到学校继续传艺，这些都是幸运的人。

还有一种是自主型的，这一类的人颇有生活智慧，他们不等退休年限，不认为人生要有

生命展现的是新旅程，看见的是不同的景色，我们需要一个全新的自己，才能愉悦稳健地走下去。

权有势有事业才有价值。他们早早准备好要享受物质简朴、精神充实的生活，所以提前跨越退休关卡，体会人生羁绊越少越快乐的生活。

职场上的熄灯号吹过以后，生活上的起床号紧接着吹起。不管走哪条路，生命展现的是新旅程，看见的是不同的景色，我们需要一个全新的自己，才能愉悦稳健地走下去。

这是一个陌生的旅程，有人因退休搬离原先的住所，离开原先的同事朋友，四顾茫然的感触强烈到难以招架。就算是还住在原来的家，但因为退休，一切都变得和原先不同，尤其是男士，往往很难适应退休后在家里的角色。但是只要活着，就不能不继续往下走，不能往回走，不能退票。有智慧的生活者会充满探索未知的兴趣，品尝新生活，体会新人生。退休是一个新的舞台，没有导演指导如何走位，没有剧本依循如何演出，一切决定在自己。即使有家人和朋友可以咨询，如何演出却要靠主角——自己——了。

起床号吹起了，让我们好好地生活吧。

巩固金钱和精神两大支柱

去看望一位生病的老友，她有两份工作，有房产，退休后也有退休金。我不止一次多嘴多舌地劝她提前退休算了，干嘛那么辛苦。她也不止一次地告诉我：“不是为钱，实在是退休后待在家不知如何打发时间。”她读的是人人羡慕的名校，然后留学海外，做了一辈子职业妇女。离限龄退休还有三年，她开始为退休烦恼，发现自己除了工作，没有嗜好，无论好的坏的都没有，这才惶惶然起来。

有些人读书时只重考试，在职场上只重工

作，一想到退休无事可干便觉问题严重。我听到太多这种声音，其中也有来自子女成长离家后的家庭主妇。但一般说来，女性还是比男性更能适应老年生活。对家里退休男人的抱怨，如果认真采访的话，简直可写一部专书。据说日本的中老年妇女称这类男人是“家里的大垃圾”，而且是“不能丢的垃圾”。不过我相信“婴儿潮”这一代的男人，基本上退休后会有较好的适应力。但心理上的准备仍然是需要的，因为他们在职场上打拼的程度更为激烈，退休后的落寞相对也深切。

已退休的老男人，有很多在家是个“陌生的碍事者”，他们不知道东西放在哪里，却要指挥那操持家务几十年的老主妇。相对而言，一些有自己的兴趣、自己天地的退休老人，在家里不会造成别人的麻烦，生活充满多样性，他们是真正能享受退休生活的人。

理想的退休生活是金钱和精神并重的，但充实精神生活比理财更难。理财可以有种种方法，可是如果让一个爱钻牛角尖、或消极悲观、或怨天尤人的人改变心态，实在太难。

对大多数人来说，退休的恐惧还是担忧没有固定收入以后，生活会陷入困境。这才让一些人拿退休金孤注一掷，以为会把钱变多，结果往往成为新闻报道中恶性倒闭企业的受害者，或股票暴跌的牺牲者。当然在银行利息低到不行的今天，如何处理有限的退休金实在是一大难题。

因此还没有逼近退休关卡的人，早早学习理财，储蓄退休金是需要的；但究竟多少财产才够后半生的生活却要自己评估。目标太高，拼命的结果却是提前“挂掉”（去世），那就得不偿失了。

一位中年的朋友说她准备十年之后退休，现在理财的方法是“强迫储蓄”，每月定存一小笔钱，既不影响生活，又能积少成多。虽然有理财专家“告诫”她钱会贬值，定存累积太慢，但她不为所动，认为自己的方法可能很笨，却不必花太多心力；若把生活重心放在理财上，反而忽略了生活的闲逸，精神层面的充实，这才叫不会生活。

换句话说，准备退休后的生活费是需要的，但不必本末倒置，糟蹋了现在的生活。如果可领退休金，这办法更好。有些幸运的人，能每月按时领取足够生活的退休金，那就更能潇潇洒洒、无忧无虑地过退休生活了。

金钱和精神是退休生活的两大支柱，任何一边太弱都有缺憾，但精神的富足绝对可以弥补金钱的不足。

无论退不退休，生活是不是快乐、是不是有意义，最核心的要素绝不是“有钱就行”。很多实例告诉我们，这不是酸葡萄心理。当然，对那些存款多一个零、房屋多一栋就满足的人来说，绚烂的晚霞、山间的明月、山涧的溪流、悠闲的心情等等算什么？那是一文不值的。

金钱和精神是退休生活的两大支柱，任何一边太弱都有缺憾。但精神的富足绝对可以弥补金钱的不足，因为金钱伸缩空间大，自己能调整。精神贫瘠、心灵空洞，看似活着，也等于是死了。

人生最后一个大决定

有一年到岛外旅行，碰到一位认识我的老读者。他乡遇故知，我受到热情的招待。她家坐落在松林里，我特喜欢那明亮厨房外的木板阳台。泡一壶台湾带来的好茶，对坐闲聊时我发自内心地赞赏这居家环境，她却叹口气说：“要不是你来，我哪有闲情坐在这里喝茶？”

后来我才知道，和所有有事业的人一样，他们夫妇太忙了。尽管儿女已经长大，但是怎么能放心把事业交给子女呢？没有二老，这辛辛苦苦打造的事业恐怕很快就垮掉了。

“你们可以让孩子们渐渐地参与，然后再

接手呀！”

“你不知道，孩子就是孩子，他们撑不住的。”

“孩子多大了？”

“一个二十八岁，一个三十岁。唉！虽然我们夫妻当年创业也大约是这个年纪，但现在的孩子不同了，他们没吃过太多苦。”

离开那栋在台湾可能要上亿新台币的松林大屋，我一路上做白日梦，要是我，早早训练子女接手，然后就可以在阳台喝茶、读书、听鸟叫、看落叶，每天在那个从天窗可以看到蓝天白云、自窗户可以欣赏碧草绿荫的浴缸里泡澡，在松林小径上散步，不知有多美呢……

为退休生活画一张简单的蓝图，决定以后就不后悔了。因为只要你会“玩”，退休后的生活真正是多姿多彩，充实而愉快的。

我很敬佩他们创业的精神和能力，人类社会因他们而繁荣；但人生应该不只是事业吧，更何况退休并不等于在人生中交白卷。世上很多人以为他一离开世界，地球就不转了！猝然辞世的人，如果还能看见人间没有他一切照旧转，也许会丧气得再死一次吧。

当然，放下事业的决心很难，这不是没有事业的人能想象的。那半退休如何？因为人生实在有很多"好玩"的事情，需要时间和精力去"玩"的，尤其在辛苦工作了几十年以后。

有位退休一年的朋友感到遗憾：自己真应该早几年申请退休，现在觉得时间精力都不太够，走到人生终点的路太短促了一点。她在退休的旅途上玩得不亦乐乎，才自内心发出这样的感触。

但如果不会玩的话，就可能是另一种情况了。有位朋友虽然下决心把事业放下，但因为先生不爱"乱跑"，客厅里的电视是他的最爱，有钱有闲但是无事可做，买了一橱子新衣却无处可穿。习惯了和丈夫同进同出，现在单独活动感觉“怪怪的”。

我这老友率直建言：要独立，必须找出自己的兴趣。家人不需要你的时候，才能活出最自由、最自主的人生。不必为劝不动丈夫离开电视而气愤或内疚，越老越固执的人太多。但换句话说，他能享受他的固执，又何必勉强他改变？毕竟当成家、生儿育女的责任尽完以后，生活就是个人自己的事了。

最难以决定要不要退休的，除了这些有自己事业的人以外，就是可退可不退（譬如可提前退休或可工作到退休年限的人），决定权掌握在自己手上的人。这可能是人生最后一次重要的决定，拍板的是自己，但可以和家人、朋友商讨，并为退休后生活画一张简单的蓝图，决定以后就不后悔了。因为只要你会“玩”，退休后的生活真正是多姿多彩，充实而愉快的。

不能不面对，不能没准备

早晨在报上读到一则专题报道：世界上人口老化最快的日本，1997 年有二十五名六十岁以上的老人，成立了一家叫做“爷婆”的公司，生产专供老年人使用的生活设备；这个公司年纪最大的员工七十五岁，预估营收会越来越好，并且会掀起一股跟风。

第二则消息是欧洲一些富裕国家的企业不再排斥年长的劳工，芬兰把劳工的工作生命延长二到三年，六十到六十四岁的就业率增加一倍，相对降低退休金开支，增加税收，经济成长也更加快速。

以我看来，除非这些人真的乐于工作，否则就是国家要人民牺牲小我，成全大我。但就算是延长退休年限，最终还是得退休。有能力加入那类“爷婆公司”的，毕竟还是幸运的少数，因此退休仍然是大多数人生命中需要通过的关卡。

一般说来，退休是从职场上退下来，但我认为家庭主妇也该有退休生活。我不是说主妇到了某个年龄就抛下锅铲，丢掉扫把，离家出走；而是在子女成长以后，传统生活要重新调整。写了几十年专栏，我接触到太多不快乐的主妇。她们没有职称，没有薪金，没有升迁，当然也没有退休及退休金。抚育子女时期虽辛苦却充实而满足，“少年夫妻”也还有不少情趣；但子女长大，“老来伴”并不一定理想。如果继续老样子走下去，难免郁闷绝望。所以为自己拟一套不必离开家的退休生活是必要的，尤其女性平均寿命比较长，未来的日子如何过，靠的是自己。

我认识几位早有觉悟的主妇，她们有公开的私房钱，日积月累，倒也有个还不错的数目，心头踏实一点。她们去参加女性成长团体（有些硬是从丈夫那里争取来的），学习课程，交朋友，发现自己有某些潜能，就更进一步加强发挥。她们没有具体的退休关卡，是愉快而平顺地滑过空巢期，进入了退休生活。

退休不过是人生的另一个阶段，只是在这个阶段里，年岁增加了，健康衰退了，胆子变小了，怪癖增多了，使得这段人生路变得可厌可怕。在家里闷气，外出又不受尊重。这社会对老人是鄙视的，年轻人嫌老人碍事、挡路，连恋爱结婚都会被嘲笑。

有些老人是一群早起的鸟，晨间很多场所都看得到他们在运动；太阳升起以后，就不见他们活动了。其实我很敬佩这些晨运的长者，但愿他们散了以后的生活是充实而愉快的。没有了职权和职位，人生的真正价值才会凸显——不是由别人评价，是自己给分。几十年在职场上让别人评分约束，现在自己退休生活过得好不好，自己可以决定考绩的分数。

如果不是为了经济压力，何苦伟大到牺牲小我、完成大我，因为终有一天，还是无职可就的。所以只要活下去，人人会退休，不能不面对，也不能没准备。

摩拳擦掌迎退休

“太羡慕你了，我现在是数着日子等退休。”每次见到这位老友，她一定热切地拥抱我，好像拥抱未来的退休生活。因为她曾不止一次地说：“我要趁着自己还不太老、还有体力的时候，去一次长程的半自助旅行。买一堆书读，要学西班牙文，学瑜伽，要……天哪！我太贪心了。这不怪我，要怪这几十年缠着我的工作，虽然有些事情也可以利用空闲做，但是断断续续，太不痛快了。”

我懂这心情，越靠近退休越强烈。尤其对大多数女性来说，因为肩挑家庭和工作两副担子，就得付出更多的精力在职场上，能分给自己的爱好上的时间和精力实在少得可怜。退休前我参加过老人大学的座谈会，看他们多元而丰富的课程表，看他们展出的摄影作品，都需要充裕的时间才能有成绩出现，那时，我庆幸自己终于离退休不远了。

有人想到退休会忧心忡忡，有人想到退休则兴致勃勃，这是个很有趣的现象。会忧心忡忡的人可能是担心从此没收入，退休金又可能和未来的寿命不成比例，日子怎么过？但老实说，临到退休才发愁，几乎已来不及了，不如计划如何运用现有的钱财，让日子能过下去。有位朋友说他退休后，只坐公车，免费又增加运动量。这是他想到的第一个节省开支的方案，正继续把其他的方案一项一项列出来。他说钱是死的，人是活的，只要动脑筋就不必忧虑那么多了。

更要规划的是如何运用那富裕的时间。我那位为退休准备一大堆事情要做的朋友是不必担心的，她会像另一位朋友说的：“退休后比退休前还忙。”不过原则是“忙自己，不要忙别人”。我听一位朋友转述：他前些时候很怕接电话，因为有位当过主管的朋友退休后，精力旺盛，有的是时间，所以打遍朋友的电话，希望和张三做这个、与李四做那个，弄得朋友们鸡犬不宁。后来他推荐这位先生去做志工，几番努力，对方终于接受而且成为一位非常有效率的志工。

退休就是收入了一大把时间，想退货都不成，最聪明的办法是好好用掉，而不是让它白白流走。

面临退休才理财想增加财富也许来不及，但充实精神生活永远不嫌迟。人年轻时，多多少少有理想、有梦想、有喜好，此时不妨翻翻旧账，有哪些是自己忘记了的特长、哪些是曾经想做而没做的，整理一下，然后像一位朋友说的："摩拳擦掌，好好下手。"如果旧账是一片空白，没关系，就在这空白的本子上写起计划来吧。绝不要小看中年以后的学习能力，人的潜力是可以不断开发的。退休后的强项就是有充裕的时间，而时间是学习和成就的最大资本。退休就是收入了一大把时间，想退货都不成，最聪明的办法是好好用掉，而不是让它白白流走。

第 2 篇

变心：为自己活

不要急着卸妆

记得自己退休后的第一天早晨，生理时钟习惯叫我早起，醒透以后才发现再也不必上班了。那感觉和放假不上班完全不同，第一个念头是：啊哈！终于自由了，而且以后天天都自由了！第二个念头是：我现在要做什么呢？再也没有工作占据我的时间了，高兴干嘛就干嘛，但我现在要干嘛呢？我是有很多事情想做，可是不能决定先做什么，喜悦中倒有几分茫然。

悠悠闲闲地梳洗完毕，坐在镜前看着一张素脸，想着不上班，不必涂口红了吧？尽管我的化妆是极简派，但涂惯了口红，少掉这一抹颜色，竟似有几分病容。不行，中年以后的肤色哪能和青春年少比，我必须让自己看起来容光焕发，尽管没外人看见。于是我像上班一样，浅浅涂上腮红和口红，嗯，我很喜欢自己的样子。

好的退休生活第一要素是：要有规律的心情。偶尔散漫是休息，整天散漫是浪费生命。

衣服呢？不必像上班那样“盔甲齐全”吧？当然，退休后的好处是可以穿得舒服，但绝不可邋遢。我早就买了几套休闲服，把自己打理得清爽整齐，然后开始用纸笔，写下今后的退休生活计划。

整理自己的容貌也同时整理了自己的心情，好的退休生活第一要素是：要有规律的心情。偶尔散漫是休息，整天散漫是浪费生命。

一位诗人朋友说得好："退休只是离开职业舞台，并没有离开人生舞台，所以不要急着卸妆。"

心理学家常常提醒人们："先爱自己才能爱别人。"真爱自己，就是在独处时也喜欢自己，而外貌是不能忽略的。但整理外貌不是强求追讨青春，强求改头换面，着重的是整理。一位坚持不染发的老友，把那花白的头发修剪得有形有样，她说自己经常用慕丝或发胶打理，绝不蓬头散发。而我相对地看到一些染了头发却不照顾的女士，头顶一片白，四周是枯乱的、黑得极不自然的散发，这不怪岁月，要怪自己，因为岁月是公平的。

我承认现代美容医学的进步与神奇，但要“整”到什么程度，需要智慧的选择和决定，退休的人尤其需要考虑到经济问题。更何况任何方法都有时效，一定要核算一下，如果整不起，就不如不开头。自然老去的女人，绝对比整得皮僵肉板的女人看了舒服、顺眼。

曾经有位读者抱怨丈夫退休后越来越不爱洗澡，有时甚至长达几个月，家里充满了污浊空气，她问这理由能不能用来诉请离婚。有些老人觉得洗澡太费元气，而且老了又不太出汗，干嘛要常洗澡。我很想建议卖沐浴用品的厂商，不妨针对中老年人做宣传，年纪大了更该用“花俏”的产品，提高洗澡的兴趣。皮肤科医生建议老人冬天不要用太热的水洗，洗完立刻擦上乳液，全身香喷喷的。洗澡是一种享受，谁说那只是广告上年轻人的特权？ 从头到脚的整理，退休后才不会懒散。以前给别人看，现在给自己看，重要性是一样的。

新方向，新定位

“退休后唯一的职业是快乐。”我问一位准备退休的朋友，有没有计划再找工作，他笑嘻嘻地回答我这句话。我祝福他能如愿。

退休是得到一个全新的人生，自然会有很多憧憬，就像刚结婚的新人对婚姻生活的憧憬一样，但是其中免不了有些是不切实际的。

想到可以从此不再朝九晚五，不再面对讨厌的同事，不再看上司的大小眼，不再因各种不公平而气愤，就觉得从此可以快乐地过日子了。一些成天为孩子操烦的妈妈，也巴望孩子长大就可以轻松快乐地过日子。因为几十年的担子挑得够累了，放下当然是快乐的。

但退休初期的失落感，有人就很难适应。想到过去的工作场所，虽有不愉快，却也有些值得怀念的人和事。在那个团体当中，自己有定位，也就有安全感；每天有事做，就有方向感。现在只剩自己和家人，从此一切都要自己做决定了，有人竟四顾茫然起来。尤其是男性，大多数早出晚归，现在要整天困在家里了，于是很多人拿起电视遥控器，躺在沙发里，让那个比较熟悉的电视世界来转移他的失落。

另一种失落是从此不被需要。女性退休后回到家仍然是操持家务，没有了职业还不太严重。但对于惯于在职场上打拼的男人来说“不被需要”的失落更大一些。这才有退休的丈夫每天要在妻子菜单上批“可”的笑话，是失去办公室的后遗症。空巢期的母亲同样因不被需要而失落，因而引发了“征候群”。

退休生活要快乐，首先应重新建构自己，让自己有安全感，有方向感。如果是渴望被别人需要才能肯定自己的，就去创造被需要的工作：大至外出做志工，小至在家带孙儿都行。而安全感也可以从被需要中得到，只是从办公室搬到其他场所，面对不同的人而已。

方向，就要人依自己的性向决定了。可以雄心勃勃立定大志，也可以具体而微拟定能做到的小事。有位朋友就很有智慧地把两者合并，她一直希望能写作，但以前太忙，现在有的是时间。于是她准备纸笔，在家中有固定的桌椅，每天定好时间，像上班一样准时坐在桌前，从写些感触、见闻等短文开始，心中却酝酿着要写整本的书。

有些人认为作家到了某个年龄就会文思枯竭，创造力衰退。但是一个新手在累聚了丰富的人生经验之后，谁说他不可能成为一个有成就的作家呢！

有方向地过退休生活，会比漫无目的纯消遣更快乐。知道可以做自己爱做的事，自然能乐在其中。年轻人会说“人生有梦最美，筑梦的人生最快乐”，其实退休后更可以有梦、筑梦，因为退休的人有比年轻人更大的资本：时间。说起来似乎矛盾，年轻人岁月还长，当然时间比较多；但退休后虽然越来越接近人生的终点，时间却是完整的，也就是质比量更好，更可以好好运用。

快乐的退休生活不是“想当然耳”，是要靠自己规划的。

认真地玩

“很多人鼓励老年人打麻将，说可以预防老年痴呆，我也不反对。但打麻将三缺一就不行，玩起来受限太多了，我要开发一个人就可以玩的东西。”一位刚退休的朋友说。

打麻将似乎是中国人最普遍的消遣，不分年龄和教育程度。退休的人尤其有大量时间盘踞在牌桌上，也最有理由玩这游戏，因为不再会耽误工作了。但正像这位朋友说的，打麻将一定要有牌搭子，熟人凑不齐的话可能会找陌生人，甚至弄出一些麻烦或纠纷来，娱乐反而变成了痛苦。

自己玩或参加不限人数的活动，弹性大，自主性强，的确是更聪明的选择。

退休后有的是时间，所以我觉得用来学习是另一选择，因为学习最需要的是时间。可以学习新的，或重拾以前因没时间而暂搁的兴趣。

如果是提前退休，还身强力壮的，可选择的更多。一位金融界的女主管退休后先去报考“国家公园”的解说员，因为“脚力还够”，她又爱煞了大自然。我们第一次见面，她的第一句话是：“你看没看到罗斯福路上的木棉花都开了？”多么的潇洒。又因为“体力还够”，她一个人到美国租辆车，把美国的自然景点玩了一遍。旅行就是一种学习，学习书本上和电脑上没有的东西。

还有一位主管级的朋友退休后没了司机，顿时觉得跛了脚。幸好她提前两年退休，在考驾照限龄六十岁以前考到驾照。行动上自由也加强了心理上的自由，她说以后到外国探视儿女，拿张国际驾照就不会成为子女的累赘了。

一位名女作家有次在朋友小聚时，喜孜孜

地宣布："我在八十岁时学会了用电脑写作，真好玩。"从此对现代科技另眼相待。大家由衷地鼓掌敬佩，因为电脑是中老年人畏惧的玩意儿，八十岁征服了电脑，显示的是向上向前的精神。

还有一位退休后重拾她当年的最爱：声乐和钢琴，前些时居然又去学打爵士鼓，因为要考验自己的体力。

静态的可学习的东西更多：绘画、书法、陶艺、纸雕、摄影、写作……一个人或不限人数玩的东西那么丰富，谁都可以选择一两样，全看自己有没有意愿。被工作局限僵化了几十年的脑子，退休后就要大解放，没什么是不可尝试的。现在是一个全新的自己，可塑性像孩童一样。说这样不行、那样不可的就是自己。

"玩也要认真地玩！"朋友说。对了，教育专家说孩童从玩要中学习，退休后的人同样是从玩要中学习，因为没有竞争，没有压力，心情就是玩。但要认真，认真才会有成绩，有成绩才会有继续下去的兴趣。

不过就像运动一样，持之以恒比较困难，要给自己一点压力，一定要玩上瘾才能从中享受乐趣。退休后一切靠自己，玩也是一样。

“出轨”乐趣多

“牙刷的用处不只刷牙。”我那摄影家老友最爱不按牌理出牌，她创意十足，这是她的名言。

大多数人的生活都走在约定俗成的轨道上，大家都这样，我们也这样，比较容易，不麻烦，更能得到认同。退休以前要忙的事太多，随众的确少烦心；但退休以后何需再随众从俗，我们有个全新的人生，可随自己心意安排，偶尔出轨又何妨？

感情上出轨可能会惹上麻烦，但生活方式出轨却充满了创意。有位朋友退休后先调整作息时间，他说以前为了上班要早起，不得不早

睡；现在既无需早起，夜猫子正好可以大大享受夜晚万籁俱寂、唯我独醒的好时光。此时灵思泉涌，可写作，人静心静，可阅读，是退休前很难得到的享受。

我自己也是退休后才享受到夜读的乐趣，尤其是冬夜，在暖暖的被窝里读侦探小说。随着剧情抽丝剥茧，直到眼倦抛书，完全不担心第二天起不来会迟到，真爽！我很佩服那些清晨四点起床运动的中老年人，但我更喜欢自己的生活方式。早晨八九点起床谁都碍不着，不是吗！当然不要过分违反自己的生理时钟，自己喜欢才是最重要的。

另有位朋友退休后整理衣橱，把过去上班穿的套装、高跟鞋，全都送的送、捐的捐，尽管有些仍然又新又好，她一点不心疼手软。她决定在新的人生阶段中，让自己穿得方便而舒服：平底鞋、裤装，从此不再受衣服、鞋子的束缚。我也向她看齐，因为爱玩，我们又添购了旅行好走路的“旅游鞋”，防风挡雨的外套。不上班了，真好。

我的另一项生活改变是从此不上美发院，自己剪、洗、染。庆幸手臂还可以弯转，剪任何角度都没问题，现在乱发当道，因此我还赶上了流行。退休前定期去美发院吹洗，刚退休时碰到的小难题是晚上洗澡，早上洗头，浴缸里太不方便。后来发现橱房料理台的高度正好，于是那里成了我的“洗头缸”，谁说料理台只能洗菜、洗碗？

规规矩矩过了大半辈子的人，要想改变或做些以前没做过的事情时，最怕别人批评："都什么年龄了还这样……"

有位女士退休后剪了个大平头，有些花白，又戴了副大耳环，于是就有人看不惯了。其实谁有资格管？退休后是自己管自己，包括生活方式和即兴式的想学什么、做什么，没有年龄限制——只要不违法，不妨碍别人。

"对不起，我烧了几十年的饭，现在孩子大了，你也退休了，以后换你掌厨吧！"一位主妇对丈夫这么说。她不是造反，是一种合理的谈判。僵化性格的男性大都很难接受，但有生活智慧的男性欣然接下掌厨的责任，后来发现自己颇有烹调才干，他从中得到成就感和满足。

生活方式是可以改变的，这种出轨充满了乐趣。

不慌不乱面对老化

右手中指第一关节粗凸出来，不疼但难看，以为是字写多了无形中挤压形成。去看医生，他斩钉截铁地诊断：老化！这个当头棒颇让我震惊。自认身心灵活，健康良好，竟忘了老和死是同样公平的，只要活着，这两样都会找上身来。震惊过后，面对着那无法改变的指关节，我啐了一口："去你的，老就老吧！"从此不再为它烦心。

第一根白发、第一条皱纹的出现，都是触目惊心的；等到一丛白发、一片皱纹时，就对岁月束手无策了。尽管对付老化的美容整形产品是极为惊人的庞大商机，但都等于是向岁月讨价还价。你付高价，岁月就小让一步，可是绝对买不到永久的青春。白发皱纹倒也罢了，可怕的是不知什么时候这儿酸那儿疼的。一种姿势弄久了，身体就发出求饶的警告。爱吃的东西不小心吃多了，立刻让你好看。摔一跤骨头就可能碎裂，甚至撞了一下也要打石膏。

"老了真不好玩"，一位不在乎白发和皱纹的朋友说。她指的是美容和整形都对付不了的身体老化。退休以后，随着年岁的增加，可能会越来越不好玩。老化让人畏惧、忧郁，有些人完全失去独立思考判断的能力，只要有什么抗老化的商品一出现，就不顾一切地以身试药，自愿任小白鼠。还有人抽屉里塞满过期的药丸、药水，医生处方领来的药舍不得马上服用，或减量以便贮存。有位朋友在父亲去世后整理他的书桌抽屉，发现里面整整两层都装着药袋，甚至有三年前的。

只要认清，老化是年龄增加的必然现象，我们就不会盲目慌乱地面对了。

有人把维生素当仙丹，从A吃到E，而且加重分量，总比说明书上多一倍。有人拿出神农尝百草的精神，什么都吞下肚。至于用来敲的、捶的、震的、熏的器具，越多越好。这不怪老人家，因为酸痛随时提醒你：老了！你需要这些。老化让人慌了，什么方子都照单全收。

多年前有位长者给我作了好榜样，她那年六十出头，脸上是自然的皱纹却容光焕发，她说保养皮肤的诀窍就是清洁，每晚擦点营养面霜，绝不折磨皮肤。一年只烫一次头发，也是尽量少折磨它。有恒心的运动，随时提醒自己抬头挺胸。她示范给我看弯腰驼背和抬头挺胸之间，至少差了十岁。

在公共场所中，常见有些老人仿佛羞羞惭惭的，谦卑地挤在人群里。老是丢脸的吗？不！老是有尊严的，那些鄙视老年人的青少年，还不一定人人能活到老呢。

偶尔看见满头花白或全白的老先生、老女士充满自信、神气十足地出现时，我都暗暗地喝彩。也许他们正忍着身上的酸痛，但别人看到的却是绚烂的晚霞。

那位长者说过，不要把心力全集中在身体的酸痛上，有病找医生，养生食品适可而止。

只要生活正常，持续运动，老化可以减缓。但要认清，老化是年龄增加的必然现象，我们就不会盲目慌乱地面对了。

精神加分，物质减码

一条僻静的街上有家书店，我和朋友常约在那里见面。我们经常看见一位头发花白的男士，坐在几乎固定的窗前，聚精会神地看书。背光剪影的一个画面，静谧、安详，相信他的心境也是一样的吧！他一定是位退休人士，否则哪来这份闲情？

《幸福退休新年代》（How to Retire Happy, Wild, and Free，中译本由台湾远流文化出版）一书作者柴林斯基（Ernie J. Zelinski）替退休人列出了两百多条可做的事，大多是精神上的活动。只要选一部分来做，就没有时间坐在电视机前消耗生命了。电视是现代人很难戒除的瘾，只要坐在前面就无法自拔，尽管一边骂，一边频道转个不停，但就是离不开那个“魔柜”。我承认电视有时能给人新资讯，让人不致和社会脱轨，但那绝不是一种精神生活，因为沉迷电视绝不会有创造的满足感，也不能让人的心灵充实。

有人怕退休是担心从此无事可做，然而“事”并不等于工作或职业，拿掉这个框架，就会发现可做的事太多了。尤其有些事就是需要退休后的“资本”——有时间和无压力——才能做。有位热爱书法的朋友退休前常恨没有足够的时间练习，退休后每天练一整上午，除了看见自己的进步而喜悦之外，更发现以前轻微的气喘也好了。一位中医师证实说，认真练书法等于提气强胸，是有这功效的。

对于生性好动的人，也许不需要别人建议如何做、做什么，可是退休会影响某些人的心态。在还有职位、还有升迁机会、还有考绩奖金、还被需要的时候，他是活跃的；一旦这种种都因退休而消失，他们的失落感会更强烈。

好在这样的人往往会一经自己想通，或别人的鼓励，他们就又会生龙活虎起来。

我曾听一位七十岁的退休男士说，他喜欢动态的消遣，六十五岁退休开始爬山，至今依然持续，只是听医生建议戴了一副护膝，不爬太高的山。爬山让他得到满足，大自然给了他太多的人生启示，就算有一天爬不动了，回忆会成为生活里最好的养分。

无论是静态或动态的精神生活，给人的满足都超过银行的存款，因为人不能分分秒秒数钞票，但美好的精神生活会像空气一样存在于生命中。

初春的阳光从窗外射进来，照着方几上一盆圣诞红，它虽不似刚买来那么骄艳，但红色中带点紫绿，自有一分深沉的美。我剪下一枝插在一个空酒瓶中作画，得到超乎我预期的好成绩。这盆圣诞红八十元台币（相当于约 13 元人民币），每周浇点水完全不需照顾，三四个月来依然在方几上美美地和我对望。

春节时用一百元台币（约合人民币 20 元）买了盆水仙，

我一边画她一边细察那些花蕾如何绽放，那花瓣似玉般柔白，花蕊亮黄晕着一层薄粉，叶片姿态婀娜，每一寸都值得细细观察。

这两盆花只花了一百八十元，但我享受到的美却无法计价。

退休以后绝对不要相信"由奢返俭难"这句话，除非相差太悬殊，否则减少开支、俭朴过日子，一点都不会损伤生活品质。日常消费有很多是可以减码的，只要有心，重要的是心态的改变。如果一直是用名牌才能提高身价、用名牌才能有自信的人，减码当然痛苦。而相信人的价值是人本身，尊严发自内在的退休人，只管把物质生活减码吧。

像我那位朋友计划退休后改乘公交车，他仍然是一位博学的教授。他认为乘公交车是观察人的最好机会，他一直对研究人性有兴趣，所以改乘公交车不但节省了车资，还有益于他的研究。他赞成“能站就别坐，能坐就别躺”的老话，乘公交车或地铁增加走路的机会，而且上上下下，就是运动。

导演李安的妻子林惠嘉女士在接受访问时说：“有两百块能过日子，有两百万还是一样过日子。”真是有生活智慧的女性。

我自己实行的是从女性最大的花费减码，首先停止买服装，除非是特别需要的才补充一两件。旧衣可穿，表示自己身材没变，值得高兴。外出时善加搭配，也绝不会寒碜落伍。而衣橱里的衣服穿到我生命的最后一天也穿不完，现代人谁不是衣服太多，旧衣回收已经泛滥成灾了。

其次是不再买高价的名牌化妆品，改买开架货。几年下来，我的皮肤除了稍稍增加皱纹以外，变得更加光滑细致，因为少了压力的缘故。果然名牌卖的是包装和宣传，但消费者就是相信。一位外国友人说她母亲几十年来只用凡士林保养，皮肤比她还好，因此她也不信名牌了。还有就是我得意的自己剪、染、洗头发，不再断，掉得少，为头发而生的烦恼大大减低，更别提省掉多少花费了。

我爱看电影，没关系，看早场可优待。有时带着午餐看电影，省下的饭钱还可买一两本书，丰富精神生活。我爱旅行，没关系，坐经济舱，不住五星大饭店，不乱买纪念品，体验纯旅行的趣味。和朋友交换影碟、书，不但节省开支，也增加彼此交谈的话题。

我向来不大爱珠宝首饰，所以这方面无所谓减码。有位爱戴配饰的朋友退休后不愿改变这嗜好，但是却不再用退休金买价昂的首饰，改买有民族风味的，比较便宜而且有特色，她发现上了点年纪的女人戴起来更显风韵。除非是投资或炫耀，昂贵的金银珠宝并不保证可以增加女人的美丽。

有位爱美食的朋友，年过五十身体就发出

种种警讯。医生告诫说饮食要清淡，可是退休前很难办到。他提前退休后，生活终于可以自由安排。由于是美食家，他的清淡饮食仍然是可口的。不用说他不但省了很多上餐馆的钱，健康也大为改善。这一点要感谢我们的身体有自动调节的本能，逐渐老化，也就逐渐拒绝大鱼大肉的饮食了。

尽管每个人生活不同，但仔细检验，都会发现物质有可以减少的地方。尤其是精神生活越富裕，越不在意物质生活的俭朴，也越可以活得满足、愉悦。退休后花钱要精打细算，但不等于苛刻。尤其不可吝于充实精神生活，空虚无聊地活到最后一天，银行里还有存款，岂不是太冤啦。

我很喜欢导演李安的妻子林惠嘉女士在接受访问时说的："有两百块能过日子，有两百万还是一样过日子。"真是有生活智慧的女性。

还有一颗心不老

我第一眼看到她就喜欢的舞者罗曼菲，竟然在五十一岁的盛年就告别人间。读着报道，心头像系上一块巨大的铅铁，我心中只有用“无常”两字来接受这件事。她说：与其说怕死，其实更怕老，因为人老了不但相貌改变，也没法照顾自己。而生病住院只有两条路……能有所爱的家人、朋友陪在身边，难道这不是最好的死法吗？如果没有死，就能继续享受人生。

曼菲到底还是年轻，没想到“继续享受人生”还是会老的，除非死于年轻。而的确，老了相貌改变和不能照顾自己才是最让人担忧的，尤其后者。看到有些老病到任人摆布的长者，真有生不如死的感触。所以在清醒时立下医嘱是必须的，让自己保有最后的尊严，也让亲友便于行事。

除了医嘱还有遗嘱，特别是身后有遗产的人。有位朋友的祖父，一向健康，从不相信自己会病，但有一天还是住了院。又从不相信自己会死，所以不愿立遗嘱。结果走了以后，子孙为遗产闹到亲人变仇人。这种例子实在太多了，有些虽有遗嘱，但不够清楚明确，仍然让后代为遗产对簿公堂。

有天在报上读到台北县社会局正积极倡导老人财产信托观念，呼吁那些虽有财产但晚年失智的，或虽有子女但不愿照顾老病父母的长者，趁着神智还清醒时，就向金融机构申请财产信托，约定财产管理方式。有朝一日万一不省人事时，信托机构会代为处理安养问题。或子女不孝，争夺财产，信托机构随时可按照契约内容变更财产处理方式，保障自己的晚年生活。

在清醒时立下医嘱和遗嘱是必须的，让自己保有最后的尊严，也让亲友便于行事。

我们大多数人似乎还不习惯用白纸黑字交代人生大事，尤其更认定亲骨肉“不可能无情”。但有位律师朋友就强调一定要白纸黑字、清清楚楚，亲子之间、夫妇之间，都要“先小人，后君子”。她说这和感情无关，反而能预防感情变化。等这观念成为习惯以后，就是理所当然了。

心疼曼菲盛年辞世，但我还是认为不必怕老，最阿 Q 的心理是：只要活着，你能不老吗？还好，上苍慈悲，人不是一夜就老的，白发、皱纹、赘肉、骨质疏松、皮下脂肪变薄等等老化现象，全都是慢慢的、断断续续的改变，不会吓死人。更重要的是还有一颗心不受外在相貌的影响，人可以让心常保年轻，让老年生活依然有朝气。

有天和几位朋友驾车经过松山机场附近，突然有两位欢呼起来：“看！大飞机！”听这两个年过半百的女人欢呼，我们笑得几乎岔气，却十足感染到那童真的欢乐。

“看电影一定要到电影院。”头发花白、满

面红光的大学者“中央研究院”副院长曾志朗先生像孩子一样这么说。我们都笑了，因为我们常常是夹在年轻小家伙中的老影迷，享受在电影院看电影的乐趣！我在曾副院长一篇文章中看到他提起卡通片《虫虫危机》，真了不起，看电影还不忘研究学术，有童心绝不等于幼稚，而是活力。

活到老不容易，怕什么！

独处靠智慧

独处是考验一个人有没有生活智慧的最大课题。退休会增加独处的时间，有配偶的人也不例外。有人很怕散席后的寂寞，但天下没有不散的筵席。对某些人来说，退休就像筵席散了，从此人生寂寞清冷，更哪堪时时要独处。不能体会独处好滋味的人，便连连抱怨：老了，没人理了。然后看人人不好、看事事不对，自己活得苦，别人看得烦。

有位退休的先生，几乎时时刻刻跟在妻子后面，因为他不愿一个人留在“空荡荡”的家里。终于有一天妻子不耐烦起来，先是委婉地劝说，无效；接着是坚定地拒绝。丈夫竟怀疑妻子“必有外遇”，否则“为什么怕我跟着？”妻子啼笑皆非，直叹：“怎么会不懂，整天有个大男人跟着有多累赘！”

正好相反的是另一位先生，退休后为自己布置了一间“静坐房”，每天有几小时在里面独处。妻子不去打扰，笑说：“关在家里不会出问题。”

对大多数男性来说，退休后如果要经常独自一人在家，是需要学习如何自处的。他不会像女性那样东摸摸西摸摸做点家事，妻子若不在，他的确会觉得家“空荡荡的”，无所适从。

曾经读过一篇报道：“独生子女比较有创造力，他们一个人玩的时候可以更安心，也更有时间发挥想象力。”其实人从小到老都需要独处，群居固然是人类的基本生活形态，但独处可以提升心灵境界。独自一人能让心沉静，让思考更敏锐，更知道如何面对人生。除非浑浑噩噩地活到死，心灵活动是人类异于其他万物之处吧。

有位朋友说静坐（或打坐）不是宗教，是心灵的沐浴，她每次静坐之后，都觉得心头无比的清爽。以前在繁忙的工作时期，总不能无挂碍地静坐；退休后每天能独处静坐一段时间，自觉“心灵的眼睛”看得更远更深，智慧增进不少。她认为人都有开发自己智慧的能力，而静坐正是方法之一。

静坐可以列为独处的一项活动，其他如阅读、听音乐、练书法、画画、玩乐器，甚至看一部好电影碟片，独自一人时都更能投入。有位先生喜欢研究棋谱，自己和自己下棋；他的妻子则喜欢外出赏鸟，经常他都乐享独处时光，两人相处和谐。我看他是一位智者，棋谱变化莫测，人生种种也包含在内吧。

“一个人在家真好。”听到不止一位女性这么说。家是女人大半生最熟悉的地方，职业妇女退休后，有一类人心情是从此可以好好享受居家生活，另一类人则像男性一样有失落感而“不安于室”。这时就需要学习独处，尽管身边也许还有丈夫，但都可能不像自己和自己那般亲密。尤其几十年夫妻相处下来，只怕早已熟到“无感”了。

事实上能独处愉快的人，也能和别人愉快相处。如果是从来不会独处的人，退休正好有时间学习这个人生课题。

薇薇夫人的建议

退休既是人生之必然，不能赖皮，也不能置之不理，最聪明的做法就是好好准备：准备

得越充分，退休生活就过得越好。我是过来人，正享受愉悦的退休生活，可以提供几点建议：

一、退休前先练习节俭的生活。我们一般人都没有雄厚的财力，未免不能立刻适应，在还有固定收入时，就开始节省，绝不浪费。

二、开始检视自己有哪些兴趣或嗜好，什么都不会没关系，什么都不喜欢就麻烦了。退休前要多看、多学，甚至带点强迫性都可以。

三、因为退休后更需要运动，所以先利用机会多走路，让运动变成生活习惯。

四、学习处理生活的能力，跑跑户政事务所（相当于大陆的派出所户籍办公室）、银行、邮局等地方，办办事情。特别是退休前不必亲自处理的人。

五、搜集退休人活动项目或场地的资讯，作为退休后参与的资料。

六、准备精神粮食。从买书着手最容易，经济许可的话，订一份报纸和一两份杂志，退休后可以仔细研读。

七、对家人亲友放出要退休的讯息，强固自己退休的心理。

八、学习新技能，比如电脑或开车。学电脑不受年龄限制，驾照则年过六十就不能报考，自己可以决定是否需要。

九、拟定退休计划，不要百年大计，切实可行就好。尽管先拟一个星期的，只要真正去做，就会尝到退休的甜头了。

第 3 篇

寻伴：同甘共乐

老夫妻，新课题

退休生活要愉快，不能独善其身。有婚姻的人，最主要、最有影响的当然是另一半。无论是一人退休还是两人都退休，身心的接触密度都比以往高，这时最需要相处的艺术甚或技术。处得好的会比退休前更好，坏的则比退休前更坏。有趣的是这几乎无关情爱，性格才是关键性的决定因素。

有对夫妻，丈夫是长不大的“小飞侠”，妻子是最会照顾人的贤妻良母型。他们先后退休，真正是形影不离。从早晨同时出门运动开始，除非有特殊事情，所有的活动都是同进同出。照顾者与被照顾者因退休有了“完全的时间”，因此彼此都得到满足。

当然，有人羡慕，有人觉得“会疯掉”。

无论是一人退休还是两人都退休，身心的接触密度都比以往高，这时最需要相处的艺术甚或技术。

另一对是丈夫先退，妻子仍在工作。丈夫愿意接下“主夫”的角色，买菜做饭甘之如饴，妻子也心安理得的下班回家吃饭。两人都是开放性格，不受刻板性别的影响。

性格相投的夫妻退休后能共同享受退休生活，他们会因时间更多而计划以前不能同时做的事情。有对夫妻就参加了一个将近四周的长途旅行，实现退休前的梦。另有一对相约去上社区大学，一个学语言，一个学绘画，两人一起“背着书包去上学”，彼此的谈话自然就超越了琐碎的柴米话题。

性格不相投的夫妻，退休后不是离婚，就是“开门夫妻，关门仇人”，做给别人看的。很多子女变成父母的传话人，因为爸妈彼此不讲话。一位朋友告诉我他看见的怪事，他家的一对长辈在退休后，逐渐变成“一个屋檐下两个陌生的熟人”，冰箱里哪几格是丈夫的、哪几格是妻子的，各不混淆。厨房里轮流各烧各的饭菜，屋子里各有各的活动空间，出门当然各走各的路。他说写成书、拍成电影都不会有人相信。

年轻人说人老了变得怪，其实是很多人越老越自以为是，对配偶尤其不愿妥协。再伟大的男人在妻子眼中不过如此，因为完全没有距离，缺点清清楚楚。两个不愿妥协的人成天大眼瞪小眼，要和谐相处，难啰！

老了要改变性格几乎不可能，如果不离婚就要动动脑筋设计一下如何活在一个屋檐下。譬如说制造距离，和自己的朋友聚会，做自己有兴趣的活动，打球、钓鱼、看画展、听音乐会、看电影……都不必同进同出。有人认定夫妻一定要同进同出，否则就是婚姻有了问题。但夫妻本来就是不同的个体，也各有自己的兴趣，同进同出是违反人性的。

有话要讲，别憋着，若是吵架都懒得吵，那婚姻也就形同虚设了，守着这样的婚姻岂不浪费生命。在拆伙以前能改善就尽量改善，只要有一方肯开口，就山回路转，一片开朗了。

退休后要维持婚姻和谐，竟比以前更难，这是退休人没料想到的。

单身退休

自由无羁的生活让很多人不愿套上婚姻的枷锁，还听到有些年轻人说："结婚再离婚多麻烦，不结就省事了嘛。"意气风发的青壮年时期，如果没想到退休后如何独自生活，就很可能面临退休后的种种状况。

并不是所有的同事和朋友都跟自己同时退休，因此自己可能是他们之中最有空闲的人。想邀老王或老李一起去做什么，就得凑别人的时间。若是一个有伴才不寂寞的人，几次邀不动难免沮丧，心情大受影响。这一点中老年的女性可能适应得比较好，我常看见她们单独逛街、看电影、坐咖啡馆、看表演……她们也许不是单身，却单独活动，自得其乐。

单身一族对处理家事等日常生活，大都已驾轻就熟，退休难不倒他们。不过很多人退休前三餐都在外解决，退休后既不必定时早起，也不是每天非外出不可，单为吃饭出门实在太麻烦了。有人在刚退休时还兴致勃勃地买菜、下厨，甚至研究几道拿手菜，但一人做一人吃，时间一久就泄气了，开始马虎起来。一位医生说有些退休人士去看病，结果只是营养不良罢了，当然不是吃不起，而是“懒得吃”。

记得以前林海音女士说过：“我不会因为一个人就随随便便，我会在厨房里细细切、慢慢剁，用心调理。上桌以后津津有味地品尝，高高兴兴地享受吃的乐趣。”

也许退休以后可以学学林女士，事实上她对生活是充满热情的，老了依然如此，至少每个星期有一两天好好做顿饭给自己吃。

有位朋友在退休前一年，想到这个民生大问题，于是他从准备午餐着手。头一晚弄好第二天午餐的便当，上班后一热就行。结果吃了一阵子发现体重竟然减轻了，这是意外的收获，也是退休后处理饮食最好的暖身方法。

单身最担忧的还是病痛来时无人照顾，再健康的人也难免碰上，这时朋友、亲戚或邻居都是可求援的对象。不只单身一族需要靠这些人，有儿女的有些是远水救不了近火，有些是儿女根本无心照顾父母，也需要亲朋近邻及时伸出援手，所以平时这些人际关系是需要好好维护的。

“老实说，我现在很想结婚。独居的寂寞太可怕了，有时一个星期连一通电话都没有。”独身退休的一位女士这么说。这心情是可理解的，但寄望婚姻能解除寂寞却很“神话”。当然也有晚年才结婚很美满的，但婚姻从来不是解除寂寞的法宝。我以为寂寞是来自心无所寄，来自对生命没有好奇与热情，而不是身边有没有另一个人。何况能享受寂寞也是心灵更高的层次，可以思考，可以创造，是一种丰富的精神境界。

独身退休是自由无羁生活的延伸，能不能过得好，更全得靠自己了。

黄昏的浪漫

“你信不信？连我自己也没想到真的会恋爱了，而且那热烈比年轻时一点不逊色，真不可思议……我们这小小的老年公寓有个小小的阳台，每晚我们坐在这里听音乐，看夕阳，我觉得从来没有这么幸福过。”

一位老读者从远方寄来一封信，附着两张照片，一是阳台景色，一是两人合照，她笑得真甜。在经历过几十年痛苦

的婚姻以后，她认识了现在的男伴。两人虽是兴趣不同——他玩摄影，她爱绘画——却有共同的话题，逐渐成为朋友。交往之初她并没想到会堕入情网，等发现时情已深浓，年龄却成了最大的心理障碍。倒不是两人年龄有差距，而是觉得都已年近六十，谈恋爱岂不可笑？她挣不脱传统给女人的框架，觉得男人七八十岁可以娶年轻的女人，老女人谈恋爱、结婚，却会成为笑柄。还是男友不断鼓励，女儿也绝对支持，她才解开心结，放开心胸接受这恋情，享受这幸福。现在她说人生虽然已近黄昏，但很高兴没有放弃这份情，让剩余的人生留下遗憾。

她是个幸运的女人，因为很多男人享受黄昏的浪漫，女人却少之又少。是的，我相信人生的黄昏期仍然可以有浪漫，只要彼此有真情，不是为利益而结合，老人虽然身体衰老，心理却可以因有情而年轻。最重要的是只要两情相悦，别人是没资格评论的。

不管什么年龄，爱情都有可能不期而遇，黄昏的浪漫不是神话，此时需要的是勇气加谨慎，需要成熟的智慧。

不知是不是因为男人比较需要照顾，包括心情和生活；而且男人较少可以谈心的朋友，他们一旦变成单身，都希望能再婚以便有人照顾。社会也接受这个观念，认为是理所当然。相反的，大多数女人进入老年变成单身时，感觉是轻松自由，从此逍遥自在。何况她们很会照顾自己，也不乏姊妹淘的朋友，只要经济没有大问题，几乎没有人愿意再婚，再套上家的枷锁。

但不管什么年龄，爱情都有可能不期而遇，黄昏的浪漫不是神话。此时需要的是勇气加谨慎，坦白说爱上年过五十的女人，动机当然不像爱年轻女人那么单纯。需要一点时间，运用自己人生的经验和智慧来观察、分析，确定可以接受这份情时，就勇敢地接受。活到退休，天空应该更广阔，只要不妨碍别人，传统的规范大可不必理会，更何况那些规范不尽合情理。一个人尽了该尽的责任以后，退休该要多多为自己而活了。

我以为退休族无论再婚或同居，仍然要以“情”作为基础。若纯是找老伴，为有照顾，为有人解寂寞，结果可能是失望。人越老，性格越僵化，生活习惯越固定，两人要和谐相处就相当困难了。

有位女士说她退休后参加一个活动，认识一位男士，从交友到结婚，头一晚就严重不适应，因为独居了七八年，很不习惯和另一个人同床共枕。别别扭扭过了一阵子，决定和对方坦诚讨论这个问题。幸运的是对方也正想谈这个困扰，却因怕她误会一直没提。结果两人大笑，分房而居，相处更愉快。

黄昏的浪漫是一种幸福，要想掌握这种幸福需要成熟的智慧。

退休与离婚

白头偕老是新婚时别人的祝福，也是新人自己的期待。但这个遥远的目标，在很多婚姻路上会越走越变得不可能到达。几十年婚姻下来白了他们的头，也凉了他们的心，分道扬镳的中老年夫妇越来越多。

据台湾“内政部”调查岛内五十岁以上的居民离婚或分居的夫妇，从1994年到2004年的十年中，上升了十倍。《联合报》做了一整版的分析与报道，到了这年龄离婚虽有种种原因，但占最大比例的，居然是因为退休。

显然没退休前，夫妻生活还有“安全距离”，一旦退休就短兵相接，芝麻绿豆大的小事也会变成导火线。有人说肯吵架还没到绝路，等时间更久，连架也不想吵时，这对夫妻也就是陌路人了。退休前吵了架后有一人或两人要出门去工作，经过一天的分离，晚上回到家心情已有转变，多半不会继续吵下去。退休后两人在家继续“仇人相见，分外眼红”，越看越讨厌，离了也罢。

“我已经下决心要离婚了，还吵干嘛！白白浪费力气……”一位退休不到一年的女士悠悠地说，一副心平气和的样子。有个“离婚反转现象”很有意思：在子女还没成长自立以前，绝大多数妇女无论是丈夫外遇或施暴，她们能不离则不离；到子女自主以后，只剩“老两口”时，女性的忍耐力就降低了，往往是她们提出离婚。我真要歌颂母性的伟大，母亲愿意为子女做一切，以往一切容忍为子女，现在“我还要忍到死吗”！

所以说退休离婚可能是男人此时的最大危机也不为过，男士们若早有觉悟，或退休以后努力调整自己的心态和行为，也许还可保住婚姻。其实大多数中年以后的女性要的是自由和自主，她们的人生经验丰富，不愿受指挥或控制。理想的是两人各有自己的天空，互相尊重，适度的关心而不是干涉，愿意倾听对方的话题，自己也常有“新鲜话”可说。

十几年前有位读者告诉我，她在儿子的婚礼上暗下决心，一定要离婚为自己而活，不再忍受“丈夫以不断外遇为副业”的痛苦。好几年以后，她邀请我参观她的书法展，说是退休离婚后人生新开的花朵。看来离婚对某些女性而言，可以展开更积极的人生。男士是不是也能用一种“男子汉大丈夫，有为者亦若是”的态度，来面对退休后的离婚呢！

《联合报》这篇报道中，还转介两项日本人为离婚银发族所做的措施。一是为男性开办的老男人烹饪班，训练这些几十年来远庖厨的“君子”烧饭给自己吃。一是为保障女性，新的年金制规定2007年4月开始，离婚后经济弱势的一方，尤其是家庭主妇，可以依年龄、丈夫的薪资，分享对方的退休金。当然有人担心会引发中老年人的离婚潮，但却是极为公平的制度。何况感情好不愿离婚的夫妇，并不会因为这制度而离婚，真正美好的白头偕老，总是胜过那退休金的。

还要再养育第三代吗？

退休以后我可能会帮忙带孙子，因为没有忙的理由了。再说现在保姆难找，真的不放心把孩子交给她们，但我内心挣扎的是那不是我想过的退休生活。

养育第二代几十年，现在还要再养育第三代吗？

以前就曾有读者和我讨论这个问题，但这是一个别人难以代做决定的大事。我看到有几种方式：

一、早早告诉子女，养育孩子最重要的人是父母，父母必须负起这个责任，所以自己不会帮孩子再照顾他们的孩子。让他们早早有心理准备，计划怎样面对、怎样解决孩子来临以后的各种状况。

二、兼差式的，子女为他们的孩子安排专职照顾的人，祖父母只在需要的时候帮帮忙。有的是晚上，有的是假日，视需要而定。

三、全职照顾，祖父母完全承担起父母的责任。有些父母每周去探望，有些几个月或半年，甚或数年才去。还有一些在外面打拼的子女，把孩子送回家乡交给自己的父母，他们的责任全都转交给祖辈了。

除非是完全能不辞苦累享受带孙之乐，而且不需要自己天空的人，否则要三思。

哪一种方式最好，应是因人而异了。第一种看似祖辈自私，但子女却在责无旁贷的情况下，挑起自己应负的责任。而且大多数也都能在小夫妇俩共同的努力下，解决各种育儿的问题，并且和自己的孩子关系亲密。而祖辈活得健康愉快，不增加子女的负担，也是爱。

第二种可能需要经济能力够，各有居住空间，否则一定会有教养理念不同的争执。祖父母可以享受“弄孙之乐”，又不必太辛劳，应该是很多人喜欢的方式。只是仍然要两代人都有宽容、开放的性格，才能皆大欢喜。

第三种应是属于万不得已才采用的方式，孩子完全交给祖父母带是不公平的，老一辈体力、精力都不足以承担这样的重责。而且很多当年有原则、有规矩的父母当了祖父母以后，就百般溺爱、骄宠孙辈，对他们的人格发展有极大的负面影响；除非是一些很睿智的祖父母，能让孩子人格有很好的发展。做父母的不亲自教养子女，也是失职的人生。

选择哪种方式自己考量决定，但一定不要勉强。有对夫妇先后退休，本来还计划要如何逍遥过日，没想到儿子媳妇抱着刚满月的小家伙，央求父母“一定要帮忙”，要不然他们就没办法继续工作了。两老又心疼又心软，一边讲条件——赶快找保姆——一边接下重担。这一接就再也不下来了，因为哪个保姆比得上祖父母呢。

除非是完全能不辞苦累享受带孙之乐，而且不需要自己天空的人，否则要三思。勉强开始，可能有不愉快的结果，到时反伤了亲情。纵使是父母子女，也会因实际的利害冲突而产生怨恨情结，如此就很难修补了。

退休以后，若由于要不要照顾第三代让自己陷入苦恼，那是很划不来的呀！

别赖着子女

曾经有位读者告诉我她离婚的理由，在当时人生经验还不够的我听来，简直匪夷所思。她嫁给一个独生子，婆婆多年守寡，母子关系黏腻到不行。婚后婆婆常半夜到他们房间替她丈夫盖被子，因为不准关房门，所以婆婆总是通行无阻。不到一年她几乎精神崩溃，终于离婚。

前两天看到一篇报道，美国出现一个“直升机父母“的名词，说是有些父母就像直升机一样，整日盘旋在子女上空。从孩子读书的学校一直到孩子工作的公司行号，这些父母都安排、干涉、建议、要求。有些孩子觉得受到保护、有安全感，而且安逸，自己不用费力；有些孩子则觉得窒息、毫无自由，一点不领情。教育专家替这些孩子担心，没经过历练的人生绝对经不起挫折，而人生是不可能没挫折的。

相对的，过度干涉子女生活的父母，也更加依赖子女。他们下意识认为自己付出的多，当然也希望回收的多。她们要求回报时会以“爱“为理由——因为爱，所以要替子女决定将来走哪条路；因为爱，所以干涉子女的恋爱和婚姻。当然不能否定父母的爱，但这么做却完全否定子女是个可独立思考的人。

有些父母因为付出得太多，退休后自己没有安全感，就亟需子女回报，好让自己觉得有“靠”。一位发愁的媳妇告诉我，她的公公决定退休后要用退休金买一幢大一点的房子，儿孙可以住在一起。她虽是个通情达理的好媳妇，公婆不定期来家里小住时会竭尽所能照顾他们，但想到要经年累月长住在一起，心都揪成一团了。未来的日子让她害怕，却无法和丈夫沟通，因为丈夫认为三代同堂很好，天经地义。

有位母亲说孩子还小时，我要活得健康，孩子成长以后，我要活得健康加独立，那才是真爱他们。

有位医生朋友谈起他的一位病人，退休后经常跑医院，但检查以后实在没什么病。每次她来看病都是儿子陪着，医生发现有时那儿子看来十分疲累，有时像惦记什么似的焦急。他建议病人既然没什么病就不必常跑医院，病人说我当然有病，有病儿子才会陪着，要不然我都见不着儿子的面。

医生无奈地说，她最应该去看的是心理医生。

退休后过度依赖子女不一定能得到想要的结果，三代同堂不见得会和谐美满。事事、时时牵扯着子女，对那些肩头负担仍重、日子忙碌不堪的一代来说，爱只是一种累赘。有位母亲说孩子还小时，我要活得健康，孩子成长以后，我要活得健康加独立，那才是真爱他们。

不依赖孩子，的确要健康加独立，尤其是退休以后。害怕孤单，子女再多也不见得能依靠，有些儿孙满堂的老人孤坐在房子一角，那种孤独更让人感慨。

只有自己打开心怀，交朋友，有自己的兴趣，就是独居也不会感到孤单。驾机单飞，不要盘旋在子女上空。天地之大，景物之美，都值得欣赏、赞美，子女不过是生命中的一个过程罢了。

朋友不是天上掉下来的礼物

“我妈又和朋友去玩了，她不在家。”我儿子常会这样回答来找我的电话。他已经成年自立，所以我不算是不尽责的母亲。

朋友真的是我今生最大的财富，尤其是交往几十年还没翻脸的老朋友。在子女成长离家之后，在从职场退休之后，朋友的关系更加亲密。有人说你不能选择父母和手足，但你可以选择朋友。因为是自己选的，臭味相投，经久而不变。

年轻时有位朋友对我说，她有些秘密的心里话，可以跟朋友讲却不能告诉丈夫，并不是什么外遇的秘密，但她就是只能对朋友讲。若干年后我才能体会这句话，因为朋友——尤其是同性的——能一说就通，而理论上更亲密的丈夫却不能理解，有时还产生误会。

一般来说男性、特别是年龄较大的男性，朋友少，或几乎没有朋友，只有同事或事业上的伙伴；也比较不会与朋友谈心，就算是和朋友约了去喝酒，谈的也只是风马牛和内心世界完全不相关的事情。新一代的男性据研究已经比较感性，他们会向同性朋友倾诉。将来这一代人退休后可能有很多情况大不相同了，包括种种价值观在内。

但朋友不是天上掉下来的礼物。从一开始彼此“试探”味道对不对，不对的自然慢慢疏离。再经由交往中大大小小的事看出彼此是不是有诚心，有感情，最重要的是在一起是不是舒服自在。当有一天临时到朋友家，你吃剩菜不在意，他也不紧张，朋友的火候就到了。

朋友要能持久，有几项禁忌不能犯：

一、无论已经交往多少年，不可熟不拘礼。保持一点距离，语言上的尊重、行为上的礼貌都是必要的。

二、尽可能不要有金钱上的瓜葛，当然，朋友有通财之义，但一定要清清楚楚才不会伤害友情。

三、守口如瓶，除了老友之间绝对可信的，不对外泄露朋友的私密。

四、朋友间当然有财富差距，但也不能老是吃定某一人，只因为他“比较有钱”。所以外出吃饭大家分账，在家聚会各自带菜，也符合退休后俭朴生活的原则。

五、朋友间不能只收不付，必须互相关怀，有事朋友服其劳。“为朋友两肋插刀”也许太严重，但绝不负朋友所托。

古人说“君子之交淡如水，小人之交甜如蜜”，但是太淡可能时间一久水就干涸了，经常联络是需要的。有时要主动，不能老是等别人找自己。至于甜如蜜的小人之交，只怕大都随着退休而消失了，就像酒肉朋友会随着没酒没肉而消失一样。真朋友在人生的每个阶段都是不弃不离的，退休反而更有时间经营友谊。

有位朋友说她父亲退休后，常有几位老友来家里坐。她看他们经常只是一起喝茶，老半天都没人说句话，觉得这种朋友太奇怪。其实真正的老友只要对坐无言，也自有一种温暖，真的是“无声胜有声”呢。

朋友不是天下掉下来的礼物，因此更要好好珍惜。

结交新朋友

“我大概得了老年自闭症，虽然对生活还有热情，但是很不愿意交新朋友，有陌生人的场合也不爱去，宁可在家窝着。”一位朋友说。

有人认为离开学校就很难交到真朋友了，甚至在职场上也难。因为利害冲突，勾心斗角，再没有像在学校那样纯真的友谊了。但对家庭主妇来说，在一些成长团体里，却可以交到臭味相投的朋友，有些甚至成为“通家之好”。时间让她们的友情越来越深，成了真正的老友。

不过中年以后要交新朋友的确不容易。老友之间一切都不必多说，一句话甚或一个眼神，大家都懂，或都发出会心一笑。老友之间不但接受彼此的优点，也接受彼此的缺点。老友会在心灵上得到支撑，得到依靠，有时甚至超过家人。

而交新朋友凡事都得从头说起，太麻烦。同样的行为在老友身上我们不以为意，在新朋身上却让我们讨厌，自然疏远。对新朋友我们总有点防范，不能敞开胸怀倾诉，就享受不到和朋友谈心的乐趣。

可是退休后若没有朋友，生活就贫乏苍白，难以度日。也许有些人的方法可以参考：

一、增加和邻居的交往。退休前早出晚归，同层楼的对门或左右邻居见面不相识，了不起点个头。有位主管级的退休族，在退休后立刻争取做大楼管委会的主委，认真服务，虽然不能和所有邻居做朋友，却结识了一位棋友。他笑着说，快要“甜如蜜”了，但那是快乐的蜜。

二、参加兴趣相投的社团，或上社区大学、老人大学。尽管不一定能深交，却能找到共同话题谈天的朋友，有共同学习、切磋的乐趣。

三、加入一个宗教团体，退休前不一定有时间聚会，退休后不但有时间聚会，还有时间做志工。有相同信仰的朋友，心灵上的团结度自会增强。

四、做志工。依自己的体力、兴趣，加入适合自己的场所做志工。和那些同样参与的人不但是同事，也能成为朋友。

五、找机会接触年轻人，但不要成为老三八、老啰嗦或老顽固。有些人年纪大了，会下意识地“仇视”年轻人，什么“一代不如一代”啦，“现在的年轻人真不像话啦”等等，就像年轻人轻视年长者一样。彼此筑一道墙，谁都不愿跨越。其实年轻人可以吸取年长者的经验，年长者则可以从年轻人的活力、天马行空的想象力中得到鼓舞，刺激自身的创造力。或只是单单看着他们活得热热闹闹，也是一种乐趣。若有一两个忘年之交的年轻朋友，更可以丰富退休生活。

俗话说“天下无难事，只怕有心人”，中老年时交朋友也是一样。也许再结不成死党（好朋友），但求能做没有利害关系、可谈话、可偶尔共同行动的朋友，是退休生活中不能缺少的人际关系。

有位朋友拍了一张照片：一位老人独坐在公园长椅上，背对着人群吃便当。那份孤寂浓得可滴下来；如果是两位朋友对坐，边吃边笑谈，画面就截然不同了。

善养宠物

有两个截然不同的影像常在我心头放映：

年轻人养宠物充满欢乐，生气盎然；老年人养宠物却尽是落寞，甚至苍凉。阳光下独坐垂头不语的老人，脚边一头伏地不动的老狗，看了让人心情沉重。但也有人说这是一幅安逸详和的画面，人和狗互相依偎，彼此心灵都得到安抚。

近年来很多新闻报道，年轻夫妇宁养宠物不愿生儿育女，理由是比较少麻烦、省钱。现实的压力居然扭转了生物传宗接代的天性，真厉害。但事实上，那些人为宠物所付出的心力、感情或金钱也很可观，足见动物对人的吸引力是多么强劲了。

那么退休后养只宠物如何？有位朋友决定退休后养两只猫，她先给自己做好心理建设：这是两个生命，所以要以带孩子的心态来养育它们，除了喂食、清洁等等日常生活的照顾以外，尤其要“情感交流”。她认为动物会回馈感情，人要懂得珍惜，对动物绝不可呼之即来，挥之即去。

和那两只猫相处半年以后，她发现它们给她的更多于自己给猫的。首先是猫“有点黏又不太黏”的性格，让她领悟与别人相处的最好态度就是这样。其次是动物比人更容易满足的，人要的太多，营营碌碌不可终日。退休后她要像猫那样生活，身心安宁。

当然，每个人喜爱的宠物不同，养宠物而向动物学习的确是别有领悟。也可见只要用心生活，处处可学习，时时能成长。更多人认为养宠物可以满足人“被需要”的心理，尤其退休后没了需要你做的工作，就像孩子长大不再需要母亲照顾一样，有些人会承受不了这种“冷落”。此时养宠物有时间、有闲情，而且绝对“被需要”。

但是养宠物就像养育子女一样，不能过度骄宠。一位兽医朋友说，有人太爱他的狗，他喝咖啡，狗也喝咖啡，他是美食家，狗也吃美食，而且狗食他要先尝，味道够才喂狗。结果那狗也像他一样，过胖且有高血压和糖尿病。不只饮食，宠物也需要教养训练，不可无法无天。看来对待生命的态度都是一样的。

我觉得越是年龄增长，越忌把宠物也养得暮气沉沉，事实上可以借着宠物让自己多动动，替它们洗澡，带它们散步，跟动物讲话，观察它们的习性，每天抱抱它们，用它们练习绘画……宠物能让退休生活增加活力和乐趣。我曾在外国看见一位银发男士拖着一个精致的笼子，笼子里一只长毛猫安逸地伏在垫子上，一人一猫悠闲地走在林荫道中。真棒，牵不住猫，但总有办法解决。

懒得动，是人老后体力和精力衰退的自然现象，但越不动越衰老更是自然现象。只要有心，只要愿意，动物可以成为很大的助力。

最后一人

有很多中年人会遭遇父母逝去的悲痛，老年人则有失去朋友的伤怀。虽说“黄泉路上无老少”，但自然法则总是老和死比较接近。古人“访旧半为鬼”的凄恻让老人难以承受，现代人通讯方便，即便是远在地球另一边的好朋友一旦去世，也很快就会传来消息。

长寿的人最怕的、最深沉的寂寞是朋友都

“先走了”，同辈的亲戚也凋零殆尽，放眼望去，和自己差一大截的人像是火星来的，或自己像是外星人，完全不能沟通。若再有疾病缠身，有些老人自我了结的心情，我直到近年才能体会、了解。

那些还有能力自我了结的人，居然还被认为是幸运的；因为陷入昏迷或瘫痪的，只能任人摆布，无论自己多么不愿意也无可奈何。所以我赞成安乐死，越老越拥护这个仁慈的方法。为伦理而反对的，为亲情而反对的，为医学道德而反对的，都不过是隔靴搔痒罢了。

身边周围没有了可以谈论共同话题，可以一起放慢脚步走路、缓缓行动的亲友，犹如独身在沙漠旅行，四顾茫然。有位长辈晚年爱打麻将逍遣，在牌桌上眼光敏锐，心思灵活。但牌搭子陆续驾鹤西归，就在她将近九十大寿时，牌搭子一个不剩。像是突然的，她的老化急遽而来，心绪消沉，体力急减。晚辈们只能照顾她的饮食起居，而她的心门已经关闭了。

“老年自闭症”或“老年忧郁症”比“老年痴呆症”更

让人忧心，因为那似乎是自己从内心关掉开关或拔掉插头，拒绝对外联络，几乎是一种主动行为。

心理学家或教育家强调同侪对青少年的影响力很大，其实对老年人也一样；不过影响的不是人格发展，而是心情。尤其退休以后，人际关系转为单纯，若没有朋友或朋友凋零，的确是不可承受之重。

遗憾的是，死亡不能像呼朋引伴去游乐，可以同时出门，总有先后。后走的要如何单独走完全程，就要靠自己的心理建设了。

有些人是沉默以对。一位朋友说她父亲其实身体并没什么大病，就是成天紧闭双唇，一句话不说，连她母亲也不理。父亲的朋友本来就少，现在仅剩一位也已瘫痪在床，她找不到一个人可以陪父亲谈天，只有干着急。

但也有人只要能动就“动个不停”，活得

兴致勃勃。有位朋友说她父亲连参加朋友丧礼也很另类。他总是盛装出门，并且很洒脱地说“那个世界里又多了一位朋友，他们可以组成一个旅行团了。”

同样的情况，却因各人的性格、心态不同而有完全不同的结果。长寿是不是福也全无定论，当自己有天成为同侪中最后一人时，笑脸相对总比哭丧着脸快乐吧！再说除非自我了结，最后的时刻绝对会来临的，那时就会和朋友们重逢了。至于是不是真的，我们也无能为力啦。

薇薇夫人的建议

人际关系的好坏，可以决定退休生活的好坏，对于即将退休或已退休的人，有几点建议供大家参考：

一、老朋友要多联系多关怀，不拒绝交新朋友，朋友绝对是人生的精神财富。

二、把夫妻关系慢慢调整成朋友关系，多尊重，有适当的距离。夫妻间很多事并不是理所当然的，多年夫妻也不能陷入固定的模式。

三、男士请学习做家事，无论是有妻子或单身，做家事都是让自己过得好的条件。

四、要有不依赖子女的心理准备，养育子女是自己选择的责任，不是一种投资，要等待着报酬。

五、过怎样的退休生活，决定权在自己。有配偶的人可以彼此商量，但不必委屈自己。委屈不一定能求全，有时反而几面不讨好，要有勇气说“不”。

六、做一个丰富有趣的人，多充实常识和见闻，才不会老炒陈年话题。

第 4 篇

处世：活出精彩

书中自有新世界

“昨晚读到探险家库克船长航行到南极洲边缘，描述那一片浩瀚的冰原美景。睡着后就梦到自己也去了那里，真实地看到洁白、晶莹、辽阔的冰原，美极了。…… 人越老，梦越少，没想到看书可以造梦。梦醒回味，恍若自一个神秘又辉煌的前世奇缘回归到今世，滋味无穷。”一位诗人朋友在电话里告诉我他从书中、从梦中得到的快乐。

几乎人人耳熟能详的“书中自有颜如玉，书中自有黄金屋”这句老话，对退休的人来说应该没什么吸引力了。但书永远是人生每个阶段中不可或缺的窗口，从这些窗口可以看到自己人生中不曾见识过的景色。有的是美不胜收，有的是

奇情怪事，有的是超现实，有的是超想象。我想如果没有书，生活会是多么苍白、无聊、无趣，尤其是退休以后。一位老友说她最高兴的是，现在不必读那些年轻人读的什么《一分钟经理》《一分钟致富》这一类职场指南等实用的书，而是有时间读自己爱读的哲理、探险、历史、传记等作品。我自己几十年来读书都是只要对胃口的，无论什么题材全收。但做文艺青年时爱读的毕竟随着时代和年龄改变，成了书架上“青春的回忆”，只有在极度缺书的时候挑一本来重读。对那些真正经典伟大的著作，虽热情不再，却依然敬爱不减。好的书就有这种魔力，总能使人精神充实，对不同的人生阶段有不同的启示。

退休后，我除了哲理、探险的书之外，还着迷于科普小说、后现代小说，以及侦探、旅行记述等等。这类作品中描述的人生是我不可能经历的，有各种引人思考的人生课题，真是一个极为丰富的世界。

不过阅读是一种长年累积的习惯，如果从来不爱读书，退休后才开始，就需要一点强迫和耐性。好在现代的书印刷大都精美，增加了外观的吸引力，只要肯走进书店，总能有一两本看上眼的。一旦开始了，有耐性地持续下去，就会上瘾。朋友笑说“食髓知味”，以后，就不能一日无书了。

书真是奇妙的精神上的好朋友，而且和这朋友约会不要约定，不必出门，随手可以“揽在怀中”，也随时可以停止。。

有位我以前的老读者说她爱上看书，是女儿要她先看电影或电视，再看原著或改编的作品。随着她阅读题材的扩大，发现书真是奇妙的精神上的好朋友，而且和这朋友约会不要约定，不必出门，随手可以“揽在怀中”，也随时可以停止。她退休后全靠这个朋友，生活才不至无聊。

书是一种便宜的精神粮食，花不到一罐名牌化妆品、一个名牌皮包的代价，就可以享受几个月甚或几年的多姿多彩、丰富的精神生活。年长以后，老实说什么美白、除皱的化妆品成效有限，老年人要以气质取胜，多读书绝对有帮助。

读书当然能增加知识，让自己的谈话有内容，不会变成一个言之无物、啰嗦乏味的老人，叫年轻人小看。读书还能让自己的梦境精彩，够奇妙吧！

不要自废“武功”

前些时读到作家廖玉蕙女士写的《脱下西服，换上围裙》，文中“中年退休男子，脱下西服，换上围裙，立刻从高级主管变成家庭主夫。”他做主妇所做的一切工作，从生活琐事到照顾家人的身心，细腻、体贴。作者的结语是“男子默默地履践更胜山盟海誓的另类浪漫”，充满了对“那男子”的激赏和深情。

这让我想起齐邦媛教授讲的一句名言：“别废了丈夫的‘武功’。”男人不是不会做家事，是女人自以为能干，不放心男人去做，而让他们渐渐把“武功”废了。于是那些有人生智慧的男人，在退休以后，“脱下西服，换上围裙”，勤练“武功”，得心应手。相信他们发现自己的“多功能”，会从中得到满足和成就感。

做家务只是“功夫”之一，退休以后，有更多的时间检视自己曾经会或希望会的“武功”，挑出来好好修炼，有时能意外地发掘出自己的潜力，是从来没想到的。

有位朋友向来喜欢音乐，偶尔哼哼歌，总觉得自己的嗓音不过如此，连自娱都稍有点勉强。退休后偶然结识一位声乐小老师（很年轻），从试唱几句到正式上课，到竟然可以进录音室录唱碟，全都出乎她意料。她绝没想到自己竟能唱女高音，并能在一支小型乐队的伴奏之下，有模有样地唱起来。几年的修炼，成果超过自己的预期，那种快乐，绝不是买个名牌包包可比的。

对很多退休族来说，学电脑应该是很大的挑战。有人试过，结果大受挫败。我也曾发愿学用电脑写稿，对照童书的注音一个一个敲键，在眼睛昏花缭乱、手指纠缠难解的奋斗一阵以后，还是弃电脑就纸笔。一方面是我特爱好写的笔芯落在好写的稿纸上那种熨贴的舒服感觉，一方面是总要有人保留点手写的传统吧。但我还是学会了收发“伊媚儿”（电子邮件）、上网查资料等等技能，还不算是个电脑白痴。而我几位朋友已经在用电脑写作了，他们都是中年以后才学会的。

在外国常见银发女士驾车，老先生坐在一旁。近来在街头也看见越来越多头发花白的女士驾车，想来在学习过程中也遭遇过挫折，因为年龄越长反应自然越慢，有些年轻的驾驶教练很不耐烦教中老年人学开车。但坚持的结果，一定能享受到自由、自主、方便的驾车乐趣。

我以前的一位读者告诉我，她退休前曾断断续续学英文，总是有兴趣没时间，退休后就正式参加英语班，是班上少数的长者。她不在乎别人的眼光，抱着学三个字忘了两个还记得一个字的决心，加倍用功。几年下来，已经可以用英文写日记，到外国儿子家小住时，不必翻译就可以和老外对谈了。不“聋”不“哑”，她尝到了前所未有的快乐。

“老狗学不会新把戏”是胡说八道，只要有恒心，用心用力，多少都能练会以前不会的“武功”，重要的是别自己废掉了。“武功”越精湛，越能应付生活里的各种问题，尤其是退休以后的生活。

运动关乎生命品质

也许懒得动的人可以举出一堆例子，某人每天运动，但刚刚六七十岁就归天了，某人从来不运动却活到八九十岁。

的确有研究报告指出，寿命的长短和基因有关，也就是古人说的“生死有命”。但生命品质好坏不在乎长短，尤其能活到限龄退休的，已不是短命了。所以退休后的运动，不是向老天爷要长命，认真运动是一种积极生活的态度，这态度在退休后尤其需要。

退休前有两大理由不运动：太忙、太累，退休后就没借口了。但持之以恒的运动是对惰性的一大挑战，很多人的经验是：起身要去动那一刻很挣扎，不过只要一开始运动，全身就活了起来，精神饱满。运动后舒畅排汗，冲过澡真是轻松极了，这就是运动迷人的地方。而每次挑战惰性成功，可以维持心情向上不堕，退休生活才不会死气沉沉。

有些人在家运动，要克服单调无聊，听音乐看电视是“解药”。一位朋友每次选一张唱碟，听完做完，正好五六十分钟。有人上健身房，同伴或团体能增加兴趣。但我更推崇公园和广场上的免费运动，退休的人要把荷包看紧一点，那些每天晨运的长者是聪明的。

> 退休后能持续运动的人，
> 一定是退休生活品质良好、
> 心情愉悦的人。

运动有益健康的资讯随处可得，不动的人并不是不懂运动的重要，只是“心魔难敌”。那个心魔会在耳边进谗言：“都退休了，干嘛还那么累！”“反正没多久好活了，动不动都会死！”“又不再谈恋爱了，管他身材走样！”“退休了才有更多时间看电视，何必浪费时间去运动！那叫有福不会享！”这些人要感谢老天，因为他们没有大病痛；但岁月无情，健康一定会随着年龄的增长而变差。而运动能延缓老化，已是有定论的事实了。

反倒是有病痛的人因治病痛而运动，最后迷上了运动。

一位幼年摔伤尾椎骨的朋友，长年受背痛所苦，后来勤练瑜伽，退休后加强锻炼频率，现在竟已取得瑜伽教师的资格。

如果做一下调查访问，这样的例子一定多得写不完。古人说“带病延年”当然不是鼓励人们有病不治，而是有了病痛以后，会特别注意饮食、作息，也会勉励自己做运动，结果健康一定跟着改善。运动不一定要立下什么伟大的目标，像一定要减掉多少体重、一定要拿到什么成绩。只要持续做，绝对会有回报。一位断过腿的朋友，为了在外面不能蹲下上厕所而烦恼，经过复健师指导勤做运动后，她说现在看到什么厕所都不怕了。

运动不一定能减肥，但可以使动作灵敏、体态灵活，让自己年轻。

我还是要强调，退休后能持续运动的人，一定是退休生活品质良好、心情愉悦的人。

“无中生有”退休后

“光是运动还不够，一定要劳作。”一次座谈会后，一位参讲者对几个还没散去的人再一次强调他的主张。

“住在都市里怎么劳作呀！又不是人人都像你一样有片果园。”

“对嘛！对嘛！在阳台上种几盆花，哪里算劳作！”

大家七嘴八舌地发牢骚。

“总是有办法的，譬如向学校或农场租一块地，退休后有的是时间去种那块地，动脑筋，无中生有嘛。”

对大多数人来说，弄块地去劳动的确不容易，但“无中生有”这句话却颇值得思考。利用退休后手握大量时间这份雄厚的资本，的确可以“无中生有”。退休后学画，从一张白纸或一张空白的画布（板）开始，慢慢累积画艺，也累积了作品。

退休后写作，在稿纸上一格一格地爬，可以爬出一本书、一本家族史，或一本日记自述。纵使不一定能出版，也可以让子女阅读。

退休后学烹饪，把每道成功的菜写成食谱，说不定能成为畅销书。

退休后学摄影，一边游山玩水，一边捕捉精彩画面，能参展是一种鼓舞，即使仅在自家室内张挂，也有美化的功能。

退休后依自己的财力，认养一两个贫童，和他们通信，可以得到另一种情感。不求回报，却能在别人心上留下记忆。

有对夫妻在五十岁提前退休，因为爱喝咖啡，决定再精研冲泡咖啡的技术，用一部分退休金开了一家小小的咖啡店。虽然营运收入不多，却过得开开心心。

有位母亲退休后和女儿合开一家花店，她先学习开花店的种种知识，从租一个小小的角落开始，女儿下班后则来帮忙。由于认真努力，花店逐渐扩展，最后女儿辞去工作，成了年轻的退休族。母女两人在花团锦簇的环境里，觉得人生美好，偶尔有小小的失败，都能度过。

有位退休教授在自家客厅开了一个小小的讲座，邀请社区其他的退休族，或子女已长大的母亲免费参加，还提供茶水。几年下来，听的人增增减减，他虽然不收分文，但这个小讲座成为他精神上的财产，他说退休生活因这笔财富而更丰足。

综上可见，就算退休金充裕，用到归天那一刻还有多余的人，如果退休生活能“无中生有”的话，也可以增加很多乐趣。因为退休让很多人觉得是失去：失去工作，失去收入，失去伙伴，失去职位，失去价值……一连串的失去不免让人心慌。与其消沉、怨艾，不如积极填补。更好的是可以用自己喜欢做的事补足生活的空闲，不像退休前的工作有很多是无可奈何，不得不做，退休后完全可以自主。

没有果园劳动的人，有更宽广的天地可活动。“无中生有”，谁说不可能！

养趣防老

“刚刚退休的时候，我的确像是只放出笼的鸟，觉得身心自由，无拘无束。我列出很多条想做要做的事情，像个亿万富翁可以挥洒大把的时间。退休七八年以来，我的确过得轻松愉快而且充实；但是最近忽然觉得生活不过如此，自由不过如此。我身体健康，未来可能还有十年、二十年，要怎样继续活，我倒是有点忧虑起来。”

在电脑上看到朋友传来这封“伊媚儿”，我竟也感染了她的忧虑。想到读过一位心理学家说的：人需要规律及规范。那原是针对儿童成长所说的道理，但人类终其一生，可能一直需要适度的规律，过度自由松散的生活只怕也很“难过”。

幼时在家有家的规律，读书有学校的规

律，工作有团体的规律；就算是自由作家、艺术家也有创作的规律。但退休以后，这规律就不是来自外在，而是自己，只要退休金可以过最起码的生活，你可以什么都不做，什么规律都不需要。不过这样散漫无章的日子如果一过几十年，想来就蛮恐怖的。

必须有可以深入的兴趣，日子才不会松散无聊；
必须有管理心志的能力，才不会放任自己懈怠；
必须有多变的头脑，才不会受困于老病“失能”。

大多数人刚退休时的确像那位朋友说的，过得轻松愉快而且充实，但年岁越长，病痛就越来越多：腿不良于行，旅行不能去了；眼睛昏花，书不能看了；手发抖，笔不能拿了；再老下去，朋友多不见了，人要怎样乐观奋发就相当不容易了。

有位长辈曾说有时候早上醒来真不想起床，觉得就这么一睡不起倒也不错。但她挣扎着起床后到家附近的小公园走走，人又有了生气。看天光云影，绿树小花，奔跑的孩童，甚至蹒跚的老人，又感到世界还是不错。再说总有一天要离开这世界，也不必着急。

和我接到朋友"伊媚儿"的同一天，在报上读到沈君山教授写的《生活夹缝中的乐趣》，说到退休后社会责任已了，"做我所能，爱我所做"便成为此后优游生活的圭臬；但第一次中风后，"所能"的范围大为缩小。于是他摸索出上网下棋和写作的乐趣，三四年间居然出了几本散文集。第二次中风后，起居行动都要人协助了，写字极慢，而且歪歪扭扭，却因为"讲"了一套"棋王故事"，得到新的欢乐。因此人生无论处在什么境地，都不要放弃寻求欢乐的心情。他认为"养儿防老"已不合时势，现代人应该"养趣防老"。

换句话说必须有可以深入的兴趣，日子才

不会松散无聊；必须有管理心志的能力，才不会放任自己懈怠；必须有多变的头脑，才不会受困于老病带来的“失能”。我自己十多年前学摄影，有暗房，从中得到很多乐趣。后来眼力不行了，收拾起摄影器材改学绘画；有一天看不见细节时还可画抽象、画印象。要一直让自己有事可做，给自己规范，随着年龄和体力改变、调整。

现代人大都能活到“够老”，退休后既然岁月漫长，生活也不能一成不变。有目标，有内容，才不会无聊难耐。

动心才叫真活

“有天看到一个旅行团广告，要去的是我以前没去过，但一直向往的地方。一动心就报名参加了，等我回来告诉你心得。”一位朋友在电话里对我说。我笑她年过半百还动心，但听到那些地名时自己也动心了，羡慕得哇哇叫。

也许我们可以用会不会动心来测量自己的心是不是还年轻，是不是还鲜活。旅行可以是挑动心的项目之一。想想看世界是这么大，人文景观是这么不同，只要有机会、有体力、有经济能力，都该亲身体验。看旅游节目、看旅游报道可以“杀馋”，可以充实常识，但绝对比不上身在其中的深刻感受。

记得多年前访美时，有人听说我要去大峡谷（她住的地方离大峡谷不过数小时路程却从未去过），一直泼我冷水：大峡谷有什么好玩，不过是个其大无比的大土坑罢了。结果，我庆幸自己没被那桶冷水冻结了心，那“土坑”让我此生难忘。

有次去看昆曲，只见年轻的观众中夹杂着不少头发花白的昆曲迷。在演出当中我特别暗中注意他们的反应，只听到有的悄悄笑语，有的低低叹息，我心中暗暗喝彩，他们的心动了，心是活的。

樱花盛开的春季，我在郊区的小山坡上看到一对银发夫妇站在树下，仰头凝视满树樱

花，脸上充满赞赏的神色。我相信他们对这美是动心的，他们的心和不远处欢笑的孩童一样鲜活。

有不少人看到报道某些陷于贫困的人的处境时，会心动捐助。我知道有位老师每月从退休金里固定捐出一千元，他说钱不多，但心比较安，他的心也是活的。

只要活着，我们生活中就有太多能动心的事情，有些可以静静欣赏：孩童的笑靥，花朵的灿烂，云彩的绚丽，海的壮阔，山的幽邃……太多太多了。有的可以动心后随之行动：旅行、看表演、助人、运动、学语文、学戏剧、学电脑、学驾驶、学写作、学绘画、学器乐、学声乐、学种菜……也是多到不行。只怕你心不动，不怕没事可做。

圣人曾云：哀莫大于心死。有人肢体还可活动，心却死了，这种活和死可以画上等号。有人无论什么年龄，纵使到了“发苍苍，视茫茫”，心仍然是活的，能哭能笑。我们几个老友曾一起在电影院里流泪互递纸巾，也曾在剧院中欢笑呼叫。说是“老三八”也好，“老天真”也好，我们的心常被感动，不受形体老化而僵硬。这才是真活。

“我回来了，这次旅行绝对超值。在的的喀喀湖，在马丘匹丘，在安地斯山，在激流中划船，在树屋旅馆过夜……太棒了！太棒了！我从来没有像这次旅行这样深刻地思考过生命的意义和价值，心灵也从来没有这样被深深地触动过。有生之年都回味不尽。”朋友在电话中兴奋地叙述。

这是“大动心”，但是在日常生活中，可让我们动心的事何止一样？活着，就不能让心死掉。

再就业

多年前我曾在专栏里呼吁商家聘用中年女性做店员，因为在外国旅游时，让那些妈妈奶奶级的店员招呼得舒舒服服。她们满口“甜心”“亲爱的”喊着，耐心十足，结果不买反而觉得不好意思。她们不谈恋爱，不再需要照顾婴幼儿，没有太多要分心的事，人生历练又够，累积了很多处理问题的智慧，所以是服务业最好的人选。

近年来在岛内也看到少数中年的女性店员。有次去买鞋，招呼我的是一位五十多岁的女士，态度极好。我至少试穿了五双，她一点不嫌烦。于是我们就闲话了起来。她说半年前从公务员的岗位上退休，一方面子女大了，一方面自己身体健康，丈夫早逝，她虽无经济上的大压力，却觉得闲在家早晚会闷出病来，就接受一位朋友介绍来当店员。

经历了半年来和过去完全不同的生涯，她觉得又学到很多。譬如形形色色的客人要用不同的态度对待，很多事情不能像过去当公务员一样以为是理所当然，更体会了赚钱的辛苦。但是这样的退休生活很不错，她觉得自己是个幸运的人。

还有一位退休老师转入一家私人教育机构工作，虽然仍要朝九晚五，但她说心情完全不同。她像过去一样尽心尽力，全力投入，不过没有了“退路”的忧虑和压力，因为“了不起做不下去就走人”。

另有一位基层公务员退休后，因长卧病榻的老母需要有财力照顾，就到一幢大楼当警卫。他起先还有心结、有艾怨，后来醒悟不偷不抢，靠自己劳力赚钱，人格远高过贪官污吏。这才抬头挺胸，他说“做个堂堂正正的警卫”。

退休后无论什么原因再投入职场，有的职位可能没有过去高，待遇也大减，让有些人抬不起头来或觉得不值，就很难安于现状。事实上除了少数曾任高官高职的人，永远绕着高薪旋转以外，大多数人退休再投入职场，就得有心理准备，那可能是会让自己有挫折感的现实。也许那位老师的“了不起做不下去就走人”的战术可以参考，毕竟已经退休了。

不过也有退休后再投入职场可以做得愉快又有成就感的。有位教工艺的老师退休后，应聘到一家工厂做指导，他不因工资少而马虎，认真负责，三年多以后就升为首席指导老师，他的专长也不因退休而荒废。他认为退休以后再工作，绝不可用“做着玩”的心态面对。

再度就职不一定就是再用一根绳子套着自己，有时是对经济有帮助，有时是用规律的生活约束自己不致太散漫。对于没有特别喜好，且不爱玩乐、不愿过休闲生活的人来说，有固定职业日子会好过一些。但再就业仍然有再退休的一天，只是延后而已，因此退休的种种准备仍然是需要的。那时年纪更大，健康可能更差，更要坚强乐观地来面对生活了。

做志工

多年前有次陪朋友带她老母到一家大医院看病，我们两人都很少进医院，所以进去以后就像刘姥姥进了大观园：昏了头，花了眼，东张西望不知如何是好。这时一位头发有点花白，穿着印有医院名字背心的女士，笑脸迎来。问了我们的情况，指点我们第一步如何，接下来又该如何，既亲切又详尽。那时我还不知道有志工（当时称为义工），不免好奇打听她的身份，才知道有几家大医院设立了志工制度。有的指引患者，有的在病房医务室帮忙折纱布，有的在门诊协助患者挂号。她们共同的特点是亲切、有耐心。

某日我跟其中一位谈了几句，知道她们是志愿参加，要受训了解工作性质，没报酬。但她很快乐地告诉我以前常常身上这儿酸那儿疼的，自从来当志工以后，什么毛病都没有了。而且有了同事也就有了朋友，还有共同的话题。

现在志工的工作种类更多了，我知道的除了医院以外，还有“国家公园”导览、社区清扫、居家护理、环保志工等等，有的完全没酬劳，有的仅有餐费或车马费，但他们得到的快乐几乎完全与钱无关。快乐来自有别人需要，自己很有用，为“金钱不是万能”做了最好的注解。

不过我看到的志工大多数是女性，三四十岁的男性固然仍在职场，五六十岁的志工也是女多于男。一位社会学者笑说：“女人比较鸡婆嘛。”他进一步解释：女性的确比男性更关怀别人，不在乎职位。男性对有职称的工作较有兴趣，所以对竞选物业管委会主委比较积极，志工对他们的吸引力就不够大了。

但男人不做志工就太可惜啦，他们可能比一些女人更有专长，体力也可能更好，逻辑思考能力或组织能力也可能更强。如果退休后只待在家里不停地按电视遥控器，保证老化急速来到。

其实从自己的社区做起最容易。我知道有位将官退休后在社区里组织了一个长青会，安排各种课程和活动，组织规章健全，干部都是社区退休邻居。正像那位社会学者说的“男人对有职位的工作比较有兴趣”，长青会里的干部大都是男士担任，一律都是无俸禄的志工。

如果能从社区跨越到社会那该多好，志工老师、志工教练等都不会像有些男士担心的是“婆婆妈妈的工作”。不过，既然年轻人的可塑性越来越强，护士、舞者、幼教老师等等以前大都由女性担任的工作，已有越来越多男性加入，中老年的男性就不必那么僵化了。越柔软的人生活乐趣越多，他们的兴趣也比较广泛，生活更丰富。

退休既是另一段人生的开始，在这段人生

中就要尽量活出光，活出热，活出没有名利加身但更有价值的人生，做志工是光和热的来源之一。一位做志工的朋友说，无金钱报酬的付出是最高层次的付出。

金钱不是万能的，真的。

亲骨肉明算账

“我们替三个孩子每人都买了一幢房子，将来他们会少吃很多苦，这样我们也就放心了。”好几年前就听一位母亲很自豪地说。他们夫妇并不是有祖产、高收入的人，但就是有本事在二十多年内买了好几幢房子，自己刻苦的程度可想而知。

我的确佩服这些为子女拼命的父母，他们人生的终极目标就是为孩子，为孩子安排好一切，甚至孩子的婚姻。但我也听说，给他们房子很好，但强给他们配偶却不一定愿意接受。足见想用这种方式爱孩子，并不见得能完全如意。

西方的父母好像对子女爱得不够，我曾在外电报道上读到，英国和瑞士有些父母到了晚年就把房子先卖给银行，然后用这笔钱去旅行，畅游世界，一圆人生的梦；虽然有生之年他们仍可住在里面，但是这些房子是不会留给子女了。东方父母一定觉得这些老家伙太自私，却很少听到西方的亲子之间为财产而闹得不可开交的（大富人家会发生）。也许这和他们很早就“亲骨肉明算账”，成年子女住父母家也要算房钱，读书的贷款自己赚钱还，子女一成年就要自己负担财务有关了。

近年来，西方很多成年的子女住到父母家，因为那样开销小。但他们可不是白住，要依情况而付费的。

学者把现代家庭的形态形容为果核，两头尖中间大：两个人结成家庭是起端，中间有子女加入，最后又变成两个人住在另一个尖端。最近听说有些子女重回“果核”，有的甚

"明算账"也能让子女知道"天下没有白吃的午餐"，靠自己奋斗永远都是让人向上的法则。

至还带着配偶和孩子。从一开始就欢欢喜喜，而且能持续下去的，算是幸福的家庭。我却听到不少闹翻收场，因为家是个封闭的团体，最和谐的阶段是子女未成年时，一旦有"外人"进驻，人际关系就变复杂，而复杂是冲突的来源。理想的退休生活应该要有平静、愉悦的心情，才不会影响健康。

当年为子女各买一幢房子的父母，如果没替自己买，退休后要住子女家，或退休后成年子女"携眷"住进自己家，都是很复杂难做的功课，最好退休前有心理准备。

有些父母认为把子女养到成年，就已尽完自己的责任，子女必须为自己的人生负责，而不能再依靠父母。我听说有父母和子女约定，除非他们说明那是送给子女的钱，否则就是借给对方"纾困"用的，必须归还；而退休金则绝不能借出，因为父母活不下去的话，就是子女绝大的负担。这看似无情，却是最理智的方法。

有些父母一辈子背负子女，我却听到不少子女把父母的退休金拿去投资，结果一败涂地。父母最难拒绝的是子女的要求，但最后的退休金却要硬起心肠来保护。

替子女买房子不是父母的责任，有余力才帮忙。“明算账”也能让子女知道“天下没有白吃的午餐”，靠自己奋斗永远都是让人向上的法则。

住哪里，怎么住

女作家琦君夫妇卖了美国的房子，回台住进老人社区，他们非常满意。另一位朋友在美国加州有一幢位于山坡的独幢大屋，过了六十岁以后卖了改住公寓。有位朋友则卖掉台北的房子，换成花莲一幢小屋。还有一位退休后从郊区搬到市区，为了看病方便、生活方便。另有几位退休后移民美国和子女同住，但也有住一阵子再回台湾的情况，毕竟老了适应新环境不容易。

退休是人生最后一次大转折，除了心理的调整以外，有很多人也调整居住的场所。朋友们常做的大梦是：老友住在一起，有共同活动的场地，也有独立活动的空间；大家出资雇用管家、打扫、做饭菜，或轮流掌厨。但这梦很难成真。

也见财力够的人家，父母子女分层住，各家生活自理，财务独立。这是个很不错的安排，但多数人没那财力办到。

随着人口老化，老人公寓（或社区）也逐渐增加。但一般说来，条件较好的实在太贵，自己积蓄不多、子女又不赚大钱的住不起；条件差的又让人望而生畏，只怕住进去加速老化，甚而死亡。我曾经过一家老人院，里面灯光黯淡，建筑物色彩灰沉，难道人老就得送进这种地方？养老院可不可以像幼稚园：满墙色彩鲜艳的图画，彩色纸带飘扬，灯光明亮，放的是轻快的音乐，有各种生气盎然的活动，多好！唉！只怕一般人又住不起。

有人想把房子卖了租屋住，弹性大一点。但尝试打听一下，发现有些房东不愿把房子租给老人，担心老人一旦归天，房子再难以租给别人。

如果政府能想到越来越多银发族居住的困境，能大量规划退休者社区，低价出租，那就好了。同时训练一些退休者管家，让体力仍好、有兴趣做管家的退休者来服务。雇用者不必出太高的工资，被雇用的又可在退休后有固定收入，彼此互利……这好像是个理想国，在我有生之年是不可能看到了。

退休以后到底怎样安排居住场所，当然是因人而异。有位作家朋友就斩钉截铁地说，等剩他一个人时，也决不去住养老院。他不愿一睁眼就看到一堆“老家伙”，也不愿整天听那些老人啰哩啰嗦嚼陈年的芝麻绿豆。他会照顾自己，买菜烧饭都不成问题。能写每天必写一点，能读尽量多读一点，能谈的朋友多谈一点。直到一切都不能时，就挥挥衣袖向人间告别。真正的潇洒。

而不管选择什么方式，都要有心理准备。和子女同住的，不一定和谐美满。住老人公寓的，要“货比三家”，同时要了解自己的性格，最不能有被子女遗弃的心理，能住得起都算是幸运的。移居外国的，要看自己有没有独立的条件。仍然住在老窝的，彻底整顿一下，墙壁粉刷亮丽的颜色，增加照明，有能力的话，家具换些轻巧现代的，丢掉多年收着不用的衣物、纸袋、旧书。有位朋友退休后整理房子，在卧室就挖出堆成小山的衣服，他很惊奇怎么会有那么多只穿一两次就忘记的东西。

退休后调整居住场地，处理得好是一番新气象，不好的就是一大烦恼。

银发商机：衣着

谈到银发族的商机，单是服装一项就有很大的空间。因为实在看不惯那又俗又土的样式，多年前我曾写过一篇关于“妈妈装”的专栏文章，现在这样的衣服果然已经绝迹了。

人过中年退休，身材大多数已走样，但很多人活力未减，而有些比较有活力的衣服却只做给年轻人穿，绝无中年人的尺码。有位朋友说她最气的是店员的眼光，一副看笑话的表情：没有你穿的“赛斯”（size，尺码）。

退休以后几乎很少女性还愿意穿套装、裤袜、高跟鞋——高官夫人或大商人太太除外；但式样优雅、舒适又不随便的休闲装却不多见。所以常看到穿运动服到处逛的中老年人，因为别无选择。但我总觉得服装太过随便，会影响到心态：反正老了，随便穿吧！于是从里到外都放弃自己：头发像蓬乱草，衣服颜色搭配得不知所云，在家穿的拖鞋也穿上街了。退休了，老了，随便过嘛。

舍不得花钱买衣服和没有适合的衣服可买互为因果。一位朋友说她退休后很想买一两套外出穿的衣服，结果发现无衣可买，因为给中年以上人穿的都太正式了，给年轻人穿的又太花哨。她的身材保持得相当不错，但不敢穿所谓的时装。

记得已故专栏作家何凡先生写过一篇《灰色的男人》，谈到男士西服的颜色。他如果看到今天退休男士的服装，不知会不会写一篇《杂色的男人》。真的，我注意到越是年龄大的男士，服装颜色越杂，完全是舒服就好，要不就一灰到底，倒也省得麻烦。

其实，随着退休人口增加，如果有服装设计师为中老年退休族设计衣服，在中等价位——现在世界名牌时装有休闲风味，但那价钱不是退休族能付或愿付的——广为宣传，让各种体型的“平常人”穿来代言，相信会有市场。

心态活泼的退休族，如果看上了可穿的衣服，希望不会遭到店员的白眼：没有你的“赛斯”。因为不管维持得多好，中老年人都不能与年轻人相比，那“赛斯”为什么不放宽一点呢？像牛仔裤，老外七八十岁还在穿，但国内超过二十八九寸腰的女士，对不起，您改穿男人的吧，反正都从中间拉拉链。不过有位内行人说，男女裤子剪裁不同，哪能乱穿呢？

退休的人不愿意拼命减肥（少数除外），毕竟那是有违健康原则的。就算是经常运动的人，腰腹总多少有点分量，绝对塞不进大多数时装的尺寸，所以要为退休族特别设计才行。

我们老年人也有自己的服饰要求，我们要穿既神气又舒服、优雅又不怪异的服装，舒适好走路的鞋子，佩戴漂亮多变化的配件。质料好、价格高，可以少买、精买，但不能在流行之外。

社会上年轻人普遍看轻中老年人，我虽不赞成所谓“外表重于一切”，但行走在外，我倒是同意“人要衣装”的说法。只要有合适的服装，自己会搭配颜色，会穿，绝不需要名牌套装、珍珠项链才能显得有价值。要自信，要抬头挺胸，要有自己的特质和气质，退休了，照样可以神气而美丽。

银发商机：合用的产品

精明的商人早就注意到随着银发族增加，商机也越来越大。但是针对银发族的产品，似乎以药品、补品为主，近年来宣传可解除身体酸痛的器材增加了，连带着告诉老年人应该睡怎样的床、坐怎样的椅子，看来老了真的全身是病。

台湾荣总高龄医学中心将成立老人科，老人去看病只要挂一次号，由相关科别的医师共同会诊，病患就不必满院跑着去挂号。台湾老年医学会理事长戴东原说，该会已接受“卫生署”委托辅导部分地区医院转型为老人医院，就近照顾社区老人。

这些对老人当然是好消息，但还有更多不是整天生病的老人，需要厂商设计适合且方便老人生活的产品。朋友从外国带给我两块开瓶盖的橡皮小垫子，好用得很。我把那些极难开的油画油瓶全打开，改装进调味料的小瓶内，解决每次为开瓶盖奋斗的烦恼。女儿送我一个意大利制的压蒜皮小工具——一部小小的食物处理机，我每次做一小瓶蒜末，炒菜用起来方便极了。

一位朋友的母亲坚持独居，近年来双手发抖，经常摔破碗盘，就换了全套不锈钢和搪瓷的餐具。朋友常觉得看起来又丑又幼稚，但她就是买不到设计现代化、色彩优雅且不会破的餐具（她抗拒塑胶产品），于是女儿要母亲尽管摔，破了再买。但上一代有强烈的节俭美德，所以母女俩常为这等小事争执，她说想来又好笑又好气。

独处、仍能活动的老人的确需要生活上的帮手，在机器人还不能普及的现代，小机器可帮不少忙。有位长辈说，她希望有部极小的洗衣机，放在桌子上，可以随时洗抹布、毛巾；

有部很方便好用的洗浴缸机，不必弯腰曲膝洗浴缸。异想天开有时是创造的泉源，不知有无人愿动脑。

老人当然还爱美，适合的保养品是需要的。有次我在药妆店买乳液，店员向一位约六十岁的女士推销除皱美白的产品，她微笑地说，我只要保湿防晒的就行了。了解自己，选择所需，真是有智慧的女性。那些天花乱坠的美白产品，针对的是年轻人。

看新闻报道，老年人口占五分之一的日本，不断研发适合老人的产品，最近有给老人玩的电玩上市。不仅可以动脑、动手，而且一个人玩就行，不必约牌搭子，电玩不再是年轻人的专利。

有没有晚上在床上看书的“书架”？不会让人扭脖子或手腕。有没有…… 如果厂商对银发族调查访问，相信会汇集到很多银发族需要的产品。

其实有些退休族还不到头发白，却可能改变居住形态。两人或一人，生活要自己料理，不够雇用外劳的条件，就需要很多产品让生活方便，让身心维持健康美好。

立医嘱

朋友九十六高龄的老母被送进医院，依老母交代：不要插管。朋友也告知了医生。等她外出办事回来，一位医师“已按医德”替老人家插管“急救”了，她说看到母亲痛苦气得想杀人。

另一位朋友的高龄长辈住院，有天自己起来洗了澡，弄得干干净净躺在床上，她的儿子进病房叫不醒她，急得找医生。医生插管急救，又拖了两个星期，多受了些罪才归天。

今天很多人对死亡的观念已改变不少，听到某人故去，尤其是年龄较大的，多半会问最后有没有痛苦？没有，哇！真有福气，前世修来的，我希望自己到那天也能这样。死既是不可避免，痛苦是否能减少？在睡梦中辞世，或在牌桌上和了一手好牌大笑而亡，竟都让人羡慕。

插管急救是多数人极不愿接受的，可是到时当事人已无自主能力。听说有个老外把“不要抢救”的字句刺青在胸口，真是极端无奈的“自保”行为。因为就像有位朋友说的，就算你写了“不要插管急救”的医嘱，但可能当时没带在身边，或子女亲友情急之下找不到，就仍然免不了多受那急救的痛苦。青壮的生命急救也许还有意义，但到晚年就不必多此一举了。倒不是放弃，而是人拗不过生命的自然法则。

当医学完全无能为力的时候，用安宁的心情迎接那最后一刻来临是极为人道的。

我很喜欢“安宁病房”这个办法，当医学完全无能为力的时候，用安宁的心情迎接那最后一刻的来临是极为人道的。一位朋友旅居荷兰，亲眼看到一场安乐死的仪式，她觉得那是最有尊严、最温暖的死亡。但短期内我们还做不到，那么安宁病房也就算是最好的了吧！可惜听说病房有限，并不是想住就能住的。

一群身心健康、积极乐观的老友聚会时，偶尔会因退休及年龄增长，谈到有一天怎样离开世界。有人说如果得了癌症绝不治疗，把所有积蓄用在旅行，玩到哪里死在哪里。有人说……啊！对了，我不可教唆自杀。总之，一致拒绝“插管急救”。那么就要预立医嘱，交给亲友，多影印几份，随手可拿到，有备无患，以免受那无意义的罪。

面对死亡要不要急救，的确是最错综复杂的事情。稍可庆幸的是，退休后人际关系大多比较单纯，只有子女需要挣扎决定，没有子女的更加简单。但也有例外，一位年近六十的女士中风昏迷多日，丈夫认为不急救可减少妻子的痛苦，但妻子娘家却坚持插管急救，结果多年下来，妻子仍然是植物人，娘家的长辈已先离世。而要不要拔管竟比要不要插管更加难以决定，因为不插管近乎自然死亡，拔管则像是谋杀了。

总之，不想受插管痛苦的话，还是立下医嘱。当事人自己的决定，才能让大家好办事。这件事可能比遗嘱更重要，因为并不是人人都有遗产需要交代的。

薇薇夫人的建议

退休生活不像某些人认为的那么无聊、可怕，但也不是某些人想象的那么浪漫、自由；而是人生另一段实际的生活，照样有酸甜苦辣，有快乐也有沮丧。我很满意自己的退休生活，对于未退休、将退休、或退休生活过得不好的朋友，我的建议是：

一、不管活到什么年龄，要永保童心，看事事物物都有趣，这是对抗衰老的良药。身体老病是自然法则，但心不受自然法则影响，是受自己意志的影响。

二、生活中大小事都尽量自己做，而且用积极的心态去做，不是无可奈何，也不是抱怨。用不同心态做会收到不同的结果，前者有成就感，后者则可能因心病而引发身体的病痛。

三、不要成天担心钱不够用到离开世界的那一天，事实上没有人能算准活到最后一刻钱刚刚好用完。有人死后可能债留子孙，有人死后遗产还够子孙争吵。活着时量力花费，不举债也不妄想发财。

四、做志工，满足被需要的人之常情。或按自己财力捐助有需要的人，也是一种满足。

五、立遗嘱，也立医嘱，避免子孙因争财产而成仇人，也解除亲人对自己病危时做决定的困难。

六、随时给自己加油打气，人的寿命越来越长，退休后可存活的岁月也越长。医学只能延长寿命，但活得好坏却要靠自己。

第 5 篇

访谈：退休达人

汪其楣：做自己该做的事

第一位访谈对象是成功大学教授、戏剧家汪其楣。

“昨天和朋友谈编剧，一谈就谈了八个钟

头。然后我就趴了，所以没回你电话。”好友汪其楣脆亮甜美的声音从那头传来，这就是她，永远认真、执着、全力以赴做自己认为该做的事。她刚从成功大学退休，但是无法过很多退休族过的悠闲生活。因为退掉过去付出绝大时间和精力的教职以后，现在有全部的时间创作戏剧、导演、演出、用戏剧做公益。

她太忙了。

她极有条理地告诉我退休后正在做的事情：

五月（2006 年）替朱宗庆打击乐团编的《聆听·微笑》，为我们身边来自泰、越、菲、印的劳工颂音起鼓，就是用这些国家的传统乐器，和外劳文化来演出的音乐会。外籍劳工是台湾很多家庭和工业的支柱，何不经由尊重他们的文化，通过艺术来丰富台湾人的视野和心灵。

年底要导演京剧《胡雪岩》。

明年（2007 年）五月和新象艺术总监樊曼侬合作推出《玫瑰人生》，是她计划继《舞者阿月》之后，用戏剧来呈现当代女性工作者生平的创作。

在今年（2006 年）导演工作夹缝中写了两部剧本：《玫瑰人生》和元明四大传奇之一《拜月亭》。创作比教职更费神，没日没夜，常常夜晚做梦还持续白天创作的情景，而搜集资料更是旷日费时，让人头皮发麻。

除此之外，她还会更加关心曾关注的弱势族群。多年前她写的《海洋心情》发表时曾打动很多人的心，但直到今天，爱滋病患者并没受到更多更好的待遇。所以她要投入更多时间和心力在“爱滋感染者权益促进会”和“关爱之家”，做永远的志工。

二十年前她成立了“聋剧团”，我们去看演出时，对那些听障演员的灵慧赞叹不已。现在有了更多的时间，她要重回“聋儿聋女的世界”。而且又为 2009 年在台北举办的“听障奥运会”设计不少暖身活动。

“哇！哇！哇！”我听了佩服得在电话里直叫。这样的退休生活可以用扎扎实实形容，创作是发挥自己的才能，用行动关怀别人是给予，让退休后的生命充实而完满。

她说做这些不是怀抱什么热情，而是实践三十年教学生涯以来所倡导的思想。用理想教学生，也教自己。每个人做自己该做的事，能尽力时多发挥，力气用完了再去徜徉田园，种草遛狗。

后记：五月十一日到台北“国家音乐厅”观赏《聆听•微笑》的演出，观众几乎满场，我相信其中有幸运的外籍劳工朋友前来享受这场空前的演出。我们似乎从没如此在公众面前尊重他们的艺术文化，用这种方式聆听他们的心声。我用谦卑的心欣赏，深深体会到平等尊重是人类相处最基本的准则，也向一直真心关怀弱势族群的其楣致敬。

郑石岩：踏实快乐的生活者

第二位是郑石岩教授，多年前我们有过交集，然后不断看到他出新书的资讯。电话中他的声音一如以往温煦、平和，立刻让我想到“法喜充满”这句话。一谈之下，才知道他心不忙人忙。

退休后他决定不再接任何“制式工作”，因为那叫转业不叫退休，现在他做喜欢的工作。

1983 年郑教授登山不慎跌落山谷，脊椎严重受伤。他在妻子的激励之下，走出沮丧开始写作，至今已有四十几本书。书中深入浅出地谈人生，谈佛学。退休以后他就更有时间写书了。

除写书以外，郑教授每年有两百场演讲，和听众分享心理、佛学的经验，在互动中自己必有丰收。

他还每周有一天做心理咨商，一天到佛光山上课。因为自幼学佛，成长后学心理，他从做志工中帮助别人，也得到助人的快乐。

他常常利用演讲机会攀爬当地的名山，像温哥华的落基山脉、东马的神山、大陆的黄山等等。另外他每天都安排爬住家附近的仙迹岩，这是他最爱的运动，脊椎伤好就把那伤“放下”了。

我追问他退休心情，他送我一本2006年出版的新书《参禅·改造心情》（远流出版公司）。其中有些章节，我觉得最适合退休族参考（节录字句有所增减）：

年过六十，老同学聚会，惊叹老得快，而回首前尘，真是如梦一场。人生还在梦中时，要了解有梦最美。但走到生命尽头时，要大梦觉来，不可执着强求，带来烦恼迷失。觉梦是醒悟的过程，要看得透、放得开。

就禅者的观点，退休就是老实过生活，做真正的自己，忠于自己的想法……做能做的事，不做勉强的贪图。退休不能解释为一切放下，没有目标无异是自我放弃，这在禅家眼里，是一种顽空或断灭，是人生的歧路。人生就像一棵花木，它在实现喜悦繁茂的一段历程。到了退休之年，应该体会到夕阳无限好的自在，看出不生不灭的实存自性。

郑教授认为他现在只是退休，还没到退隐，退休是生活的安排，退隐是灵性的领悟。退隐要更淡泊，更满足生命。

每个人都该在适当的时候归隐。要在衰老之前，把握身心清醒、活动自如的时光，给自己一点恩赐，就像报答一辈子的辛苦一样，享有优游，迎接性灵的升华。通过归隐，我们看到永生，领受法喜，仰望佛如来的光明和温暖，找到生命的喜悦和真正的皈依处。

你可能不是一位佛教徒，但除了不同的宗教让人有不同的信仰以外，生命的本质是一样的。出生、成长、茁壮、衰老、死亡，只有这条路大家都是一样的。退休的生活如何安排，老迈的心情如何排遣，万流归宗，道理是差不多的。郑教授说自己是个踏实悦乐的生活者，他的退休经验就是一本好书。

徐佳士：活得心安理得

翻开老电话小簿子，找到徐佳士教授的电话，在七位数字前加个 2，立刻听到我依旧熟悉的声音，真的太高兴了。十多年没联络，居然立刻就连上线，我有种“天安地稳”的感觉。政治上的纷争、动荡，令近年来大多数人内心充满不安，幸好还有像徐教授这样稳健踏实的“砥柱”，而他的退休生活也是如此。

徐教授从“考试委员”的岗位上退休后，从此恬淡、潇洒地过日子。他说以前担任教授、系主任、院长时都不必听命他人，也不命令他人，退休后“只听内人的命令”，所以从不觉得有失去职称的心理困扰。而且以前的工作不紧张，也没有竞争性，所以退休并不造成什么心情失落。

生活上最大的不同是作息自由多了，五点醒就五点起床，七点醒就七点起床。但他一直维持多年新闻学者的习惯，除了长期订阅的两份英文报刊，还订阅了很多杂志期刊、报纸，依然关心国际大环境，和社会上种种消息，他认为退休不能和世界脱节。

吴静吉博士告诉我，有次他看见徐教授穿得非常挺拔漂亮，同时据说还自己开车，徐教授听了在电话里笑起来说自己只是衣着整洁而已。其实我印象中他一直是非常绅士的学者，而且是标准的“衣架子身材”，他的整洁就会挺拔漂亮。退休后作息自由并没有让他一切随意散漫，我高兴的是这印证了我前面说的老了也要穿着神气、好看，衣着会显示退休者的心情。因为他住在山上，所以必须开一段路的车出来，然后转搭公共交通工具。他爽朗地说还没老年痴呆，不会搭错车。多么谦冲的学者。

让很多人羡慕的是他儿子一家住得很近，徐教授用了两句十分传神的形容词：“儿子家炖了一锅汤送过来还没冷”“送一杯冰淇淋过来还没融化”，他说自己爱吃，这是很大的好处。他们有个小院子，他每天可以弄弄花草，抬头看看青山，悠然、愉悦。

徐夫人也从公职退休，他们会去旅行，看看表演，但因她会晕车、晕机，所以徐教授有时一人去长途旅行。他们住的小社区有一块空地没盖屋，社区里的太太们就共同耕种这个菜园，常常丰收吃不完，邻居烹煮了，彼此互相赠送。这些女士更结伴去上社区大学，选自己喜欢的科目学习，互相研讨，也热闹得很。

我问徐教授退休后会不会帮忙做家事，会不会指挥夫人做家事，他大笑说自己是听命令的，虽然有时会小小“报复”一下，但他们没有谁指挥谁的事。因为人口简单，儿孙都已长大，也没有要照顾第三代的问题。不过他每餐会收拾碗筷放进洗碗机，倒也不“游手好闲”。听得出来他们夫妇是平淡中有深情，一起过着宁静、悠闲、充实的退休生活。

徐教授退休前是极受尊崇的新闻学者，被誉为传播界的泰斗、大师，他不记得教过多少学生，但他教过的学生却永远记得他“风度翩翩，是最亲切、最没有代沟的老师”，亲热地称他为“顽皮豹”，因为他的思想和行动都比年轻人更快。新闻和传播界都推崇他是“新观念的创造者”，台湾政治大学校长郑瑞城说他是“爱做梦的老人”，退休后还筹想设立一个有关“语艺学系”的科系，而且他过去的“梦想”有很多都实现了。他得过斐陶斐荣誉学会第四届杰出成就奖，著作丰硕，他对学生说：“你们要写新闻历史吗？我的后半辈子就是新闻历史。”

这样一位退休前成就辉煌的大师，退休后过着现代陶渊明式地生活，这和他曾说过“追求快乐并非享受美食与华服，而是要活得心安理得”的信念有关吧！所谓智者，正是像这样能传递给我们生活智慧的人。

黄金河：世路已惯，此心悠然

阴晴不定的春天，和两位好友相约小聚，运气太好了，这一天居然薄阳温煦，春风轻拂。而专程驾车送我们上山的是好友纪的先生，他不但是专程，而且前两天又去勘察了另一家餐馆，经过选择还是决定到他常去的这一家。他把我们放下车以后就一人泡汤去了，纪说那是他几乎每天必做的休闲活动。

我们这位“专程司机”黄金河先生，四年前从“中央信托局专门委员”职务退休，听纪谈了几件他退休后的趣事，让我感动，决定访谈一次。在他们整洁、充满书香和艺术气氛的家中坐了一个多小时，临走还带了一包纪“指导”、先生执行的红烧猪脚，和他自创的酸菜、蚕豆木耳炒肉丝，真是丰收。

金河先生任职于很多人羡慕、竞争激烈的金融机构。当年在一千多人中名列第一考进去，他谦虚地说：“案牍生涯，尚称顺利。”但因生性正义感强烈，直而被谤，无端受到打压。由此领悟到淡泊名位，尽力做好应做的工作，才是维持心境平和的最好原则。他笑说多年来不会得什么躁郁症、忧郁症，就是这种领悟的好处。

退休前妻子因车祸疗养三个多月，他一方面全心全意照顾妻子，一方面维持自己生活正常，照常上班运动，这样才不会抱怨，又保持好心情和体力来照顾病人。这期间他更体悟到人生无常，要珍惜生命。

退休后他就接下了还在上班的妻子以前做的家务。早晨五点起床打太极拳、游泳、帮忙准备早点，然后背上背包，骑上单车，去做自己最喜欢的休闲活动——或泡汤、或爬山。从上世纪80年代起，他就爱上了爬山，觉得“远离尘嚣，云彩飘飘，襟怀荡荡，名利不能缠，五欲不能缚”，心动之余，就断断续续写成短文。退休后集成《人间亦自有桃源》（文史哲出版社）出版，让“青春不留白，老后有豪情洋溢的回忆”。活动完就顺便买菜回家做晚饭。妻子是烹调能手，刚开始他从五谷不分，全听“指导”着手，几年下来可以自创菜色，等妻子下班回来共进晚餐。他们就是我前面提起过因有开放的心胸，丈夫快乐做饭、妻子下班坦然吃饭的夫妻。

饭后他坚持洗碗，而一般厨房流理台高度按女性身高设计，他就用太极拳蹲马步的方式洗碗。妻子不免不安，他却说洗碗兼练功更好，真正从内心愿意“回馈妻子”，他特别强调这四个字。

他在退休前花钱不考虑，妻子不在家时一定外出吃小馆子；退休后才量入为出，每月领出一月所需，分成三袋，十天用一袋。一人在家时一定从冰箱找出食物吃，几乎不再买新衣，不再穿皮鞋。假日才和儿女全家外出“吃喝玩乐”。

其实他们是高收入家庭，但退休后就俭朴过日，只有精神和心智活动丰富。他平时勤读书，泡温泉时背经文和诗文、英文。他记忆力特强，当场背了南宋词人张孝祥的《西江月》，并复诵了其中他最欣赏的两句：“世路如今已惯，此心到处悠然。”多么睿智开朗！

一旁的妻子笑说，他去接送孙儿孙女上小学才是北市一景呢。一前一后两个小娃儿，外加两个大书包，他花白头发骑一辆单车，穿梭在马路车阵里。家人为他担忧，他却乐在其中，因为对自己的体力有自信。

六十岁生日时，他的姨妹送了一幅漫画，画的是一头健壮的牛：属牛的他骑一辆单车，背上是妻子、儿女，题字说他把孝子、兄长、丈夫、父亲等角色都演到最好。

有这样胸怀、性格的人，把退休生活过得充实而愉快，是有善因才结的善果吧。

薇薇夫人的建议

为了让这本书更充实，我特地访谈了几位退休生活过得充实、对人生充满理想热情的朋友，看看他们退休以后具体的做些什么？他们的心情如何？

我发现退休前认真工作的人，退休后照样认真生活。最大的不同是退休后完全出于自愿，没有外在的压力，更有时间做以前就想做、爱做的事。

访谈了这四位退休的“智者”，我得到很大的收获。更高兴自己写的这本书中所谈的种种关于如何过愉快、充实退休生活的原则，从他们真实的退休生活中得到印证：

一、热爱生命。生命不是单纯地活着，生命中有责任、有关怀。贪恋活着不是热爱生命，这样的人只会抱怨退休失去这个、失去那个，不能接受生命中每一阶段有不同的责任，而关怀则是生命中永远要保持的热忱。

二、一直“有事可做”。退休后要找事情做，尽管这四位所做的事不同，但都不是枯坐家中，白让时光一分一秒消逝。他们不是做退休前没时间做的事，就是做退休后喜欢做的事。“有事可做”是让生活有目标，不至于散漫，生活一散漫，人的精神也会随着涣散，退休生活就变成一潭死水，死水是不能养活人的。

其次是时时刻刻提振身心。有些人退休后

身心都松垮掉了，没有正常上班的种种约束，反而有点惶惶然、茫茫然。没人管、不规律的退休生活，要仍然过得能自律，必须有生活智慧。能自律才能享受退休的悠闲，而不会陷入无聊、无意义。

尽管退休后的生命接近黄昏，但只向前看而不是成天“想当年”。无论退休前做过多少受到赞扬的事迹，都是某个舞台成功的演出，退休后转换另一个舞台，可以舞出不同的舞码。

梦想不是年轻人的专利，退休后依然可做梦、有梦想、实现梦想。无论生命还有多长，只要活着，就有时间一点一滴地做。离开这世界时再放下，时间就变得很长很多了。

三、尽量“巩固”自己的健康，再没有比一个病人更增加家人的负担了。老和病痛虽然关系密切，但只有自己才是自己健康的维护者。身体的健康靠运动和规则的生活习惯，心理的健康靠智慧，身心都健康不止是爱自己，也是爱亲人甚至朋友。

退休后心胸更开阔，性格更有弹性。因为不必再像在职场上那样需要某些坚持，加上人生累积的智慧，体会到“山不转水转”是处世待人更高的境界。

“从绚烂归于平淡”不是一句口号，是要经过真正生活的体验。退休后能真的活得好，才知道“平淡”的真滋味。

退休只是人生自然且必然的“场景转换”，用平常心对待，没什么大不了的，只要随着场景转换角色的演出就行了。

做个快乐退休族

报上说：由于抗老化医学进步，人类寿命大幅延长，到 2050 年，有些国家必须把退休年龄提高到八十五岁，才能维持工作人口与退休人口的比率。

有人读了这则报道会欣喜，我则庆幸自己活不到那一天。朋友笑骂我是阿 Q，明知活不到那时才说什么庆幸。当然，以现代人的寿命和健康状况来看，八十五岁才退休是太可怕了；但就算人的寿命可以再延长个几十年，就算延到八十五岁才退休，还是要过退休这道关卡。

不少人退休后就各种病痛上身，更有不少人退休不久就恹恹去世。退休是正常现象，这些却不是正常现象，但这些不正常现象却引发一些人的恐惧，担心自己退休后也会走上那条路。用不正常的现象来评估正常的现象，其中的误差就太大了。

我常想和别人分享自己自在、充实、愉快的退休生活，因此老友王荣文一句邀稿的话，我就兴冲冲的立刻执笔。我不想引经据典，只想把自己和亲友以及朋友的亲友那些退休生活过得好的实际经验，汇集起来写成这本书。

根据过去几十年写专栏的经验了解：性格决定命运，命运决定一个人怎样生活。退休生活也是一样，性格开朗的，平时就有好奇心、童心的，有兴趣、喜欢学习的人，退休只是换了另一个舞台。

一位诗人朋友写得好：

人是生命的舞者

退休是转换了舞台和舞码

但是这舞还在跳着

退休后可能是一场没有观众的独舞

没有他人的掌声肯定

但却是自由的

无固定格式的　随性的

所以享受这独舞吧

尽力舞出生命中最佳的姿态

直到舞不动的那一刻

我只想提醒那些转换了舞台却不愿再舞的退休族，站在不同的舞台上，与其呆呆闷闷地算日子，不如欣喜地起舞，因为，人生总是要落幕的。

其实，只要多留意，我们周围就有很多活得很有意义的退休族。难的是克服自己性格上的“特点”，譬如：喜欢怨天尤人，对什么都没兴趣；总是羡慕别人有的而忽略自己有的；妄想用人力对抗生命的自然法则；封闭不愿接受新知，为自己设限太多；人生的价值只局限在社经地位；懒——认定退休等老、老了等死是唯一的一条路，等等。这些性格上的特点在没退休前虽已存在，但那时还有份工作可做，生活还有重心；一旦退休，唯一的重心已失去，这些特点就变成好好生活的大障碍。

市面上不乏怎样过好退休生活一类的书，可是能起共鸣的读者，事实上是和作者有类似的性格。我对自己这本书的期望是，多一个实际体会到退休生活乐趣的人，验证退休生活绝不是无聊、寂寞、虚空。这样经验的人越多，自在、充实、愉快的退休生活就不是神话，而是事实。感谢老友王荣文，以及所有为这本书劳烦的小朋友，特别是我的前老邻居杨雅棠、旧识徐开尘，他们为这本书大大增色。希望若干年后他们退休时，还能用这本书做参考。